K.NAKASHIMA
SELECTION
VOL.21

AO NO RAN
蒼の乱

中島かずき
KAZUKI NAKASHIMA

論創社

蒼の乱

装幀　鳥井和昌

目次

蒼の乱

◉登場人物

蒼真《そうま》

将門小次郎《まさかどこじろう》

帳《とばり》の夜叉丸《やしゃまる》

弾正淑人《だんじょうよしと》

邦香《くにか》

伊予純友《いよのすみとも》

桔梗《ききょう》

黒馬鬼《くろまき》

常世王《とこよおう》／奥の大殿

一条枇杷麿《いちじょうびわまろ》

貞盛常平太《さだもりつねへいた》

良兼武蔵介《よしかねむさしのすけ》

栗毛野《くりげの》

常陸源五《ひたちのげんご》

みずち

うど吉

良正上総介《よしまさかずさのすけ》

むかご

瓜実《うりざね》の方《かた》

太刀影《たちかげ》

七巻八幡《ななまきはちまん》

葦原四郎《あしはらしろう》

―第一幕―

坂東の梟雄　大乱を志す

【第一景】

京の都。一条枇杷麿《びわまろ》の屋敷。
公家達が集まってくる。
迎える当主の枇杷麿と、妻の瓜実《うりざね》の方。

枇杷麿　おうおう、よう参られた。
公家1　左大臣御自らがお出迎えとは。
公家2　恐れ多いことでございます。
枇杷麿　よいよい。今宵はこの枇杷麿自らの趣向だ。
瓜実　そう恐縮なさらずに、ささ、奥に奥に。

奥に入る公家達。続いて弾正淑人《だんじょうよしと》も現れる。公家の一人だ。

枇杷麿　これはこれは、弾正殿。
淑人　お招きにより参上いたしました。しかし、外《と》つ国人《くにびと》にこの天下の趨勢を占わせるとは、

枇杷麿　思い切ったことをなされますな。
　ここのところ都は野盗が闊歩し、瀬戸内では海賊も暴れて、随分と物騒になっておる。
淑人　よき占いを示して、人民の心を落ち着かせることも、我ら帝《みかど》に仕える公家の仕事よ。
枇杷麿　しかしよい結果が出るとは限りますまい。
瓜実　なに。その時はその時で。
　ええ。その時はその時で。

含み笑う二人。怪訝な顔の淑人。

淑人　……。
枇杷麿　まあ、今宵は楽しまれよ。

と、訝しげな淑人を奥に誘う枇杷麿。

×　　×　　×　　×

奥。中庭が広がる。
と、音曲。渡来衆の一団が現れる。かつてこの国に海の外から渡ってきた人々の一団である。
桔梗《ききょう》が歌いだすと、ひときわ美しい女性が現れる。
渡来衆の長、蒼真《そうま》である。

その姿に息を呑む一同。

桔梗　渡来衆《とらい》が長、蒼真にございます。

蒼真、歌い踊り始める。世俗の汚れを落とし占いのために心を清める歌と踊りだ。
と、渡来衆の男達が大きな亀の甲羅を持ってくる。桔梗が蒼真に神事用の弓と矢を渡す。
蒼真、矢をつがえ引き絞ると亀の甲羅に向かって放つ。甲羅に命中。ひびが入る。

蒼真　さあ、桔梗。占いを。

渡来衆の男達、矢が刺さった甲羅を桔梗の元に持ってくる。そのひびを見て表情が硬くなる桔梗。蒼真、桔梗の表情に結果を悟る。

枇杷麿　どうした。結果が出なかったか。
蒼真　いえ。そういうわけでは。
枇杷麿　ならば言え。
蒼真　しかし……。
枇杷麿　どんな結果が出ようと、臆することはない。その結果に対して応じればいいだけのこと。ささ、告げてみよ。

蒼真　はい。桔梗。（と、うながす）
桔梗　（意を決し）国家大乱の卦が出ております。
淑人　なに。
枇杷麿　ほう。
桔梗　東国と西海にて大きく兵が動きます。その乱はこの京の都を、いやこの国全体をも揺るがすと。

集まっていた人々、驚いてざわつく。

淑人　……東と西。坂東と瀬戸内か。
枇杷麿　なるほど。瀬戸内の海賊と坂東の荒くれ武者どもか。許せぬな。
淑人　枇杷麿殿、これは占い。しかも渡来衆による言わば戯れ言だ。あまり大げさに考えなさるな。
枇杷麿　確かにこれは戯れ言だ。だが、我が屋敷でこんな戯れ言が吐かれたことを見逃すことは、左大臣としてできませぬなあ。
瓜実　ええ、できませぬ、できませぬ。
公家1　（わくわくと）枇杷麿様、では。
枇杷麿　うむ。皆の者。出会え出会え。

と、顔の下部分を布で覆った枇杷麿家の武士達が現れる。

蒼真　え。

驚く蒼真達を襲い、縄で縛り上げる武士達。

蒼真　な、何をなさいます！
枇杷麿　決まっている。貴様らのような不埒な輩、成敗するしかないだろう。
瓜実　ええ、ええ。成敗成敗。
淑人　……。
蒼真　どういうことですか。私どもは招かれて占いの儀を行っただけ。ただ天の動きを告げただけでございます。命を取られる覚えはございません。
枇杷麿　ええい、やかましい。渡来衆ごときが何を言う。もともと、おぬしら外《と》つ国からの渡り人が、我が屋敷に上がること自体不浄のこと。
瓜実　禍々しき占いとあわせてその不浄、そち達の血ですすごうという枇杷麿様の思し召しがわからぬか。
桔梗　勝手なことを。
蒼真　天下の左大臣がこんな無法。許されるとお思いか。
枇杷麿　許される。何をしても許される。それが天下の左大臣。

蒼真　腐ってる。
瓜実　あー、枇杷麿様を腐っているなどと、なんという無礼千万。それだけでも死罪は確定ね。
桔梗　ひどい。
淑人　……なるほど。最初から悪い結果が出るのを狙っておりましたな。
枇杷麿　なに、占いの結果などどちらでもよい。
瓜実　理由はなんとでもつけられまする。
淑人　……やれやれ。
枇杷麿　なにかご不満でも。
淑人　いえ、別に。
枇杷麿　やれ。

と、蒼真と桔梗以外の渡来衆の男達を斬る武士達。倒れる男達。

蒼真　みんな!

と、歓声をあげる公家達。

蒼真　なに?
桔梗　喜んでる。私たちが斬られるのを。

公家1　いやあ。今宵も楽しいですな。
公家2　これだから左大臣家の宴はたまりませぬよ。
瓜実　枇杷麿様、枇杷麿様。この生意気な女達は、どのように殺すのですか。
枇杷麿　うむ。女は簡単に殺すのはもったいない。焼けた鉄板を持て。その上にこやつらを転がせ。
瓜実　ああ、それはいい。熱さに苦しみ跳ね回る姿は、まるで舞を舞うがよう。この二人ならば、さぞや美しいことでしょう。
桔梗　なんなの、こいつら。
蒼真　腐ってる上に狂ってる。
枇杷麿　さて、今宵の宴の仕上げだ。美しき踊り女達の灼熱の舞、存分に楽しまれよ。まずは逃げられぬように、手足の筋を切っておけ。やれ。

と、武士達に合図する枇杷麿。武士の一人が蒼真と桔梗に刀を突きつける。その武士を睨みつける蒼真。武士の動きが止まる。

枇杷麿　どうした。

その武士、刀を下げると顔を隠した布きれをとる。将門小次郎である。

小次郎　できません。こんなこと、武士《もののふ》のやるべきことではない。
枇杷麿　なんだと。
小次郎　このような戯れ事、もうおやめください。罪なき者を殺すために武芸の腕を鍛えたわけではありません。ここにいる武士達もきっとみな同じ考えのはず。
枇杷麿　ほほう。そち、名は何という。
小次郎　私は将門小次郎。坂東より参りました。
枇杷麿　坂東武者か。なるほど。では、みなに聞いてみよう。この小次郎とか申す男に賛成の者。

武士達、誰も手を上げない。

枇杷麿　では、この女達をとっとと斬り殺して、寝所に帰って一杯やって寝たい者。

小次郎以外の武士は全員手を上げる。

小次郎　ええー。
枇杷麿　と、いうわけだ。このまろに逆らう愚か者はお前一人のようだな。小次郎とやら。
小次郎　く。どいつもこいつも。

と、蒼真と桔梗の縄を切る小次郎。

蒼真　あんた。
小次郎　どうやらこいつらに人の言葉は通じないようだ。ここは逃げるしかない。
桔梗　逃げるって、これだけの人数。
小次郎　死にたくなければ、死にものぐるいでやるしかないだろう。
枇杷麿　ふむ。ちょっと趣向は変わったがこれも一興だ。皆の者、なます斬りにしなさい。

武士達、襲いかかる。小次郎、切り払うが多勢に無勢。蒼真が落ちていた弓を拾うと、矢を放つ。枇杷麿の横の壁に突き刺さる。

枇杷麿　ひい！
蒼真　動くな。今度は当てる。
枇杷麿　なに。
蒼真　みんな動くな。次は左大臣様の額に入ったひびで占うことになるよ。
枇杷麿　動くな。みな、動くな。

武士達、動きを止める。

蒼真　さあ、得物を捨てて。

枇杷麿　捨てよ。持っている刀も槍もみな捨てよ。

武士達、手にしていた得物を捨てる。

蒼真　桔梗。
桔梗　はいよ。

と、そばにあった縄で、武士達をひとまとめにして縛る。

蒼真　よし、行こう。
小次郎　ああ。

蒼真と小次郎、桔梗、走り去る。
呆気にとられている公家達。

淑人　……けっこうな宴でしたな。
枇杷麿　ぬう。
淑人　では失礼。

と、立ち去る淑人。

枇杷麿　く。（手下の武士達に）何をぼんやりしている。ええい、追え追え！

なんとか縄をほどいた武士達、蒼真達の後を追う。忌々しげな枇杷麿と瓜実、立ち去る。

×　×　×　×

都の外れ。廃寺。

小次郎、蒼真、桔梗がいる。枇杷麿の屋敷から逃げてきてここに潜んでいるのだ。

様子をうかがう小次郎。

小次郎　どうやら、まいたようだな。

桔梗　なんか、汚いとこね。

小次郎　廃寺だ。今は誰も立ち寄らぬ。宮仕えがいやになると、ここで酒を飲んでいた。知る者は他にいない。（と、瓶の水を柄杓ですくって飲むと、またすくって蒼真に差し出す）ほら。

桔梗　どうも。

桔梗、柄杓を受け取り毒味をすると蒼真にも柄杓を渡す。

桔梗　大丈夫。くさってない。
蒼真　ありがと。（と、水を飲む）
小次郎　俺が飲んだだろう。
桔梗　なんか、あなたは何飲んでも大丈夫そうで。
蒼真　ちょっと、失礼よ。
小次郎　おう、腹は丈夫だ。（と、気にしていない）大変な目に遭ったな。ケガはないか。
蒼真　ええ。私達は。
小次郎　お仲間が救えなくて申し訳ない。
桔梗　どうせ助けてくれるならもう少し早かったら。
小次郎　すまん。
蒼真　桔梗。（と、諌め）それでも私達は生き残った。
桔梗　そうね、また生き残った。
小次郎　渡来衆と言われたな。外つ国の方々か。
蒼真　そう、西の大陸の渡来の国。
小次郎　渡来の国？
蒼真　知らないか。今はもう滅びてしまったからね。
小次郎　え。
桔梗　戦乱で国が荒れて、結局隣の大国に滅ぼされた。私達は乱を逃れて、この日の本に渡ってきた。

蒼真　もう十年になるかな。渡ってきた仲間もとうとう二人きりになってしまった。
小次郎　……そうか。まあ、俺も外つ国人のようなものだ。都の奴ら、坂東の人間など、別の人種のように思っているからな。
蒼真　坂東？
小次郎　東の果てにとんでもなく広い平野がある。そこに生きる者はみな自分の腕と器量を誇りにして生きている。それが坂東だ。改めて、俺は将門小次郎。坂東は相馬の国の生まれだ。
蒼真　そうま？　私の名前と同じね。
小次郎　え。おぬしも「そうま」というのか。字は、字は何と書く。
蒼真　蒼《あお》に真《まこと》と書いて蒼真。
小次郎　蒼に真か。なるほど。俺の故郷は、馬に相談すると書いて相馬だ。
蒼真　馬に相談？
小次郎　ああ。
蒼真　するの？　馬に相談。
小次郎　ああ、する。よくする。いいぞ、馬は。なんでも答えてくれる。
蒼真　馬と話せるの？
小次郎　ああ、話す。よく話す。俺の愛馬、黒馬鬼《くろまき》はいい相談相手だった。
蒼真　ほんと？
小次郎　懐かしいなあ、黒馬鬼。なんか悩みがあったら、あいつの背中に乗って走るんだ。真っ

蒼真　青な空と白い雲流れる風、そして青々と茂った草原の海、もうどこまでもどこまでも広がった坂東の平野を走っていくと、そのうち馬と呼吸が合ってくる。俺と馬とが一つになって、空の風と草の海が一つになって、俺と馬と空と草とが一つになって、なんか細かいことはどうでもよくなるんだ。

小次郎　それが馬と相談する？

蒼真　ああ。あんたの名前は俺にとってはそういう意味なんだ。

小次郎　え？

蒼真　（目を輝かせて）だから、そういう意味だ。

小次郎　ほめてるのかな……。

蒼真　ほめてるよ。ほめてないか？

小次郎　うーん。

桔梗　ちなみに私は桔梗。聞かれないから自分で言うけど。

小次郎　おう、そうか。桔梗か。あれは……うまいな。

桔梗　は？

小次郎　うん、あれはうまい。

桔梗　花の桔梗よ。紫の。

小次郎　おお。紫の。馬で遠乗りして腹が減ったら食うんだよ。何でも食う。木の実だって花だって。それが坂東だ。

桔梗　ほんとかよ。

小次郎　いい国だぞ。
桔梗　じゃあ、なんでその国を捨てて都に出てきたの。
小次郎　……捨てたわけじゃない。いろいろあるんだ。
桔梗　まあ、細かいことはいいわ。いずれにしろこれから長いつきあいになるんだし。
小次郎　え。
蒼真　桔梗、あんたまさか。
桔梗　私達は、この男に命を救われた。救われた以上、掟に従わなきゃならない。
蒼真　それはどうだろ。
桔梗　従わなきゃならない！　小次郎さん、今から私はあんたの妻よ。
小次郎　え。
桔梗　二人は夫婦《めおと》になるの。いーえ、何を言っても無駄。これは一族の掟。
小次郎　掟って。
蒼真　渡来の国の結婚の儀式よ。妻になる女は、一度他の男達に拐かされる。夫になる男は、その男達から力ずくで女を救う。本気で戦って女を助けた時、男と女は夫婦となる。そういう掟があるの。
桔梗　そういうこと。
小次郎　いや、だって。
蒼真　そう、ここは日の本。私達の国じゃない。
桔梗　でも、私達が国の掟を捨てたら、ほんとに渡来の国はなくなるのよ。そんなこと許せな

小次郎　い。こんな人だか馬だかわからない男でも、命を救われた以上、夫にするしかないのよ。安心して。重い女にはならないから。
蒼真　いや、そういう問題じゃなくて。
桔梗　落ち着きなさい、桔梗。
小次郎　私じゃいやなの、だったら蒼真でもいい。私達二人の中から選びなさい。それが渡来の掟。さあ！
蒼真　じゃ。（と、蒼真を見る）
小次郎　え。
蒼真　じゃ。（と、蒼真に手をさしのべる）
桔梗　いやいやいや。私は、そんな。
　　……。あ、そう。ふうん。

　　と、いじける桔梗。

蒼真　ちょっと桔梗。落ち込まないでよ。
桔梗　いいのよ、蒼真。私はいい。気にしないで。そのかわり渡来の掟はあなたが守って。絶対よ。
蒼真　そんなこと言われても。
小次郎　俺の馬の後ろの鞍は、お前のもんだぜ。（と、笑いかける）

蒼真　えー。
桔梗　わかった。いいわ、私はすっぱりあきらめた。応援するよ、蒼真。
蒼真　ちょっと待て。私の気持ちはどうなる。

と、途方に暮れる蒼真。

桔梗　大丈夫。そのうち慣れる。それがたとえ馬男でも。
小次郎　おう。馬はいいぞ。

と、突然、弓を手に取る蒼真。

桔梗　え。ちょっと早まらないで。
蒼真　し。静かに。

と、外に誰かいるというそぶりの蒼真。持っていた弓を構え矢を射る。
物陰で「うわ！」と叫ぶ人の声。

小次郎　誰だ。

額に矢が突き刺さった貞盛常平太《さだもりつねへいた》が現れる。平気で歩いてくる。

常平太　待て待て、俺だ。小次郎。

小次郎　常平太か。

蒼真・桔梗　ええー。

蒼真と桔梗、平気な常平太に驚く。

小次郎　ああ、大丈夫だ。こいつは貞盛常平太。俺のいとこだ。

蒼真　いや、矢、矢。

常平太　（額の矢を抜き）いやあ、びっくりしたぞ。急に矢が飛んでくるんだもん。（蒼真が持っている弓に気づいて）あ、射ったのあんた？

蒼真　はい。（と、弓を思わず隠す）

常平太　気をつけてよ。変なとこに当たったら死んじゃうでしょ。

蒼真　はい。ごめんなさい。

桔梗　てか、死なないの？　頭に刺さって死なないの？

小次郎　ああ、こいつのデコは異常に固くてな。矢が刺さったくらいじゃ、なんともない。かすり傷みたいなもんだ。

常平太　ちょっと痛かったけどな。

蒼真　ほんとに大丈夫？

小次郎　大丈夫大丈夫。坂東の男は頭が固いんだ。な。な。

常平太　そりゃ都の人間も別の人種扱いするわ。

桔梗　でも、ここはあなたしか知らないんじゃなかったの。

蒼真　ああ、常平太は別だ。こいつも俺と一緒に都に出てきた。思いは俺と同じだ。な。

小次郎　な、じゃねえよ。小次郎、お前、大変なことしでかしたな。左大臣の枇杷麿様に逆らってお屋敷で大立ち回りやらかしたそうじゃないか。（蒼真達に）あんたらか。小次郎が助けた渡来衆の女は。

常平太　蒼真に、……うまい花だ。

小次郎　桔梗です。

桔梗　助けられておいて、人のでこに弓矢撃つなよ。

常平太　それはごめん。ほんとごめん。

蒼真　全く厄介なことに。

常平太　待て、常平太。この人達は悪くない。悪いのは左大臣だ。

小次郎　お前、そんなこと言ってると、ほんとに首をとられるぞ。それじゃなくても左大臣の命を受けた検非違使《けびいし》達が、お前ら探し回ってんだから。

常平太　ま、そうだろうな。

小次郎　どうすんだよ。都で官位もらって出世して、坂東武者の力を都の連中にも見せつけるん

小次郎　じゃなかったのかよ。
常平太　それは……。
小次郎　お前、このごろ評判悪いぞ。この間も、公家の息子を叩きのめしたろう。
常平太　あれは違う。俺は盗賊をやっつけただけだ。いくら公家の息子だろうと、面白半分で人の家を襲っていいはずがない。
小次郎　あるんだよ、その「はず」が。それが今の都だろうが。俺が金積んで、その公家に謝ってなんとかもみ消したんだ。
常平太　すまない。
小次郎　さ、帰るぞ。今回も俺がとりなしてやるから。こんなところに隠れてても、らちがあかないだろう。
常平太　この人達はどうなる。（と、蒼真達を示す）
小次郎　ああ、それもなんとか考える。だから、今はおとなしく左大臣様にあやまれ。
常平太　……いや、やっぱりそれはできない。
小次郎　小次郎。
常平太　常平太、坂東に帰ろう。
小次郎　え。
常平太　お前も見ただろう。坂東からこの都に来るまでの間、どこの村も食い物に困ってるのを。米も野菜もみんな国の税にとられて、農民達がいくら作物を作っても自分らで食うこともできない。

常平太　……。
小次郎　なのに都じゃ貴族達が贅沢三昧だ。俺はもういやだ。こんな都なんかいたくない。坂東に帰る。帰って馬に乗る。そして桔梗を食う。
桔梗　え。
小次郎　もちろん、米も食う。
常平太　……じゃ、どうしてもあやまらないってのか。
小次郎　ああ。
常平太　……お前は子どもの時から一度言い出したら聞かなかったな。
小次郎　おう。お前も一緒にこい。こんなとこにいると人間が腐るぞ。
常平太　確かにそうだな。でも、悪いな。俺はもう腐りきってる。

と、すばやく逃げる常平太。大声を上げる。

常平太　こちらです！　検非違使のみなさん‼

と、わらわらと現れる検非違使達。

常平太　そ奴らが将門小次郎と渡来衆の女達。左大臣枇杷麿様がお探しの者達だ。
小次郎　常平太、お前。

蒼真　どうやらあんたのいとこは、最初から上を説得するつもりはなかったようね。
小次郎　お前、俺たちを売るっていうのか。
常平太　ああ、売る！　お前を売って、枇杷麿様に媚びを売る。この常平太の名前を売る。売って売って売りまくり、それで官位を買わせてもらう。
蒼真　あなた、最低ね。
常平太　どうもありがとう。俺が最低だとしたら、あとは上がるだけってことだろう。
蒼真　どうなの、あんたのいとこ。
小次郎　常平太。
常平太　さ、みなさん。やっちゃいましょう。

と、剣を抜く常平太。
検非違使達に取り囲まれて逃げ場のない蒼真、桔梗、小次郎。
と、そこに現れる一人の若者。帳《とばり》の夜叉丸《やしゃまる》である。

夜叉丸　おいおい、検非違使が坂東武者を追いかけてるとは、そいつはちょっと違うんじゃないのか。
常平太　なんだ、貴様は。余計な口出しすると、ケガするぞ。下がれ下がれ。
夜叉丸　余計な口出すつもりはないが、都の守護がお仕事の検非違使さんなら、武士同士の内輪もめなんかやってないで盗賊の一人でも捕まえたらどうだい。

常平太　大きなお世話だ。なんなんだ、お前は。
夜叉丸　帳の夜叉丸。
検非違使1　……帳の。
検非違使2　……夜叉丸。貴様、あの！
夜叉丸　そうだ。夜の帳が俺の狩衣《かりぎぬ》。都を騒がす大盗賊の夜叉丸だ。
検非違使1　者ども、まずはこっちだ。かかれ！

と、襲いかかる検非違使達。
それを鋭い太刀さばきで、あっという間に倒す夜叉丸。あっけにとられて見ている小次郎、蒼真、桔梗。残った常平太に剣を向ける夜叉丸。

小次郎　待て、そいつは。
夜叉丸　ん？
小次郎　そいつは助けてやってくれ。頼む。
夜叉丸　（常平太に剣を突きつけ）去れ。
常平太　お、覚えていろよ、小次郎！

と、逃げ出す常平太。刀をおさめる夜叉丸。

夜叉丸　あぶないところだったな。間に合ってよかった。
蒼真　……助けられたってこと？
夜叉丸　蒼真殿に桔梗殿か。会いたがっている人がいる。
蒼真　あたし達に？
夜叉丸　ああ。それに将門小次郎殿にも。
小次郎　俺？　盗賊に知り合いはないぞ。
夜叉丸　そういわずに、ついてきてくれ。もう、ここに潜んでいるわけにもいかないだろう。
蒼真　小次郎、こうなれば成り行きに従うしかないと思うわ。
小次郎　……仕方ないか。案内してもらおう。
夜叉丸　よかった。馬を用意している。
小次郎　馬？　馬か。どんな馬だ。栗毛か、足は太いか。
夜叉丸　普通の馬だ。さ、こちらに。

と、みんなをうながす夜叉丸。
怪訝そうではあるが、夜叉丸に従う三人。

——暗　転——

【第二景】

海の近く。多くの男や女が巨大な船を造っている。みな、鋭い目と猛々しい雰囲気。服装などは異国情緒がある。

夜叉丸に連れられて入ってくる蒼真、桔梗、小次郎。なにやら喋りながら入ってくる。

夜叉丸　さ、こちらだ。

小次郎　うーん。やっぱり都の馬は、もう一つ、線が細いというか……。

などとぶつぶつ言っているが、船に気づく。

小次郎　……ここはなんだ。

桔梗　船造りの蔵みたいね。

小次郎　船？　しかし、これはでかいぞ。

蒼真　……懐かしいな。この国に渡ってきたのも、こんな船だった。

と、彼らの前に立ちはだかる男達。

夜叉丸　帳の夜叉丸だ。お頭はどこだ。

と、奥で船造りの指示をしていた男が、その声に気づくと、声をかける。伊予純友だ。

純友　ここだここだ、夜叉丸。
夜叉丸　おお。お探しの者たち、連れてきたぞ。
純友　お、そうか。

と、蒼真と桔梗の前にかけてくる純友。

純友　ひさしぶりだな。ソーマ、キキ。

二人の手を取る純友。その態度に最初は戸惑う二人だが、純友の顔を見て気がつく。

蒼真　……ジュンユ、ジュンユか。
純友　ああ、そうだ。ジュンユだ。
桔梗　うそ。生きてたの。

純友　お前達と同様に、しぶとくな。
小次郎　……お仲間か。
蒼真　ええ。同じ渡来の仲間よ。この国に渡ってくるときに散り散りになったけど、よく生きていてくれた。
純友　お前達こそ。
桔梗　この船、あんたが造ってるの。
純友　おお。
蒼真　あなた、大陸に戻るつもり？
純友　え？
蒼真　だって、こんな大きな船。
純友　え、いや、違う違う。
蒼真　じゃ、なんで。
純友　今の俺は、伊予純友《いよのすみとも》と名乗っている。
蒼真　……純友。
小次郎　おお、聞いたことがあるぞ。伊予純友。瀬戸内の海を荒らす大海賊じゃないか。
桔梗　海賊。
小次郎　ああ。都から何度も討伐軍が出ていた。だが、そのたびに負けて戻ってきた。
純友　おぬしが討伐軍に加わっていればどうなったかわからないがな。将門小次郎どの。
小次郎　俺を知っているのか。

純友　ああ。坂東一の武士《もののふ》という噂は、西海にも轟いている。
小次郎　そりゃあおおげさだ。
純友　立ち話もなんだ。お前達、休憩だ、飯にしよう。

作業していた者達、「おう」と答えると食事の準備を始める。

純友　さ、こいこい。

純友にうながされ、席に着く蒼真、桔梗、小次郎。夜叉丸はこの場に慣れているのか勝手にふるまっている。
贅沢な食べ物が運ばれてくる。

桔梗　おおお、これはご馳走ね。
純友　西海でとれた魚と、こちらは九州の果実だ。もちろん酒もある。
夜叉丸　これはいい酒だな。米の酒か。
純友　ああ。

と、その料理をじっと見ている小次郎。

蒼真　どうした、食べないの。
小次郎　……俺はいい。
蒼真　なぜ。
小次郎　これは盗んできたものだ。お前達海賊が、船を襲って奪ったものだろう。それは食えない。
夜叉丸　……おぬし、都では何を食べていた。
小次郎　え。
夜叉丸　左大臣の屋敷の警護を務めていたと聞く。そこで何を食べていた。屋敷のまかない飯ではないのか。
小次郎　ああ。
夜叉丸　だったら、同じだ。おぬしは盗人の飯を食っていたことになる。
小次郎　なに。
夜叉丸　都の貴族達こそが、日の本一の大盗賊だ。税という名目で、下々から物品をかすめ取る大盗賊だ。
小次郎　しかし……。
桔梗　……あんた自身、似たようなこと言ってなかったっけ、あなたのいとこ。あの矢男に。（と、額に矢が刺さっている仕草）。
小次郎　……。
純友　そう、これらの品々はすべて都に届けられるものだ。わしらは朝廷の船を襲う。食料ば

蒼真　かりではない、金銀銅に絹や反物、朝廷の連中から奪い取るのだ。
純友　……ひょっとして、あの船は軍船《いくさぶね》？
蒼真　ま、そういうことだ。
　　　何を考えてるの。

　　　夜叉丸と視線を交わし、うなずく純友。

純友　お前達。

　　　と、手下に去るように言う。手下、うなずき立ち去る。残ったのは純友、夜叉丸、蒼真、桔梗、小次郎。

純友　わしは、この国をひっくり返す。
桔梗　ひっくり返す？
蒼真　反乱ってこと？
純友　ああ。この国の中心にいる帝とそれを支える公家達の朝廷、これを全部ひっくり返して、新しい政府を立てる。
小次郎　そ、そんな大それた。そんなことがやれるはずがない。
純友　わしだけではな。だが、おぬしも共に立ってくれれば、話は別だ。将門小次郎殿。

小次郎　俺が？

純友　おぬしが今の朝廷のあり方に不満を抱いていることは知っている。あの腐った都で武士の意地を通す数少ない男だということをな。

小次郎　そんな。

純友　謙遜なさるな。先日も、盗賊ごっこに血道を上げる貴族の馬鹿息子を叩きのめしたそうではないか。並の性根でできることではない。おぬしが坂東を平定し、わしが西海を手中におさめる。東国には金山、銀山があり、米も育つ。よい馬もいる。西も海の幸や金銀、なにより大陸との交易のための港がある。東西を押さえれば、都はすぐに干上がる。そこを攻め落とす。

蒼真　……桔梗、どうやら私達の占いは、的中したみたいね。

桔梗　東国と西海で反乱か……。

と、蒼真と桔梗、将門を見つめる。

小次郎　え……。いや、いやいやいや。おかしい。なんで俺が中心人物になってる。

夜叉丸　坂東に人なし、ただ将門有り。

小次郎　え。

夜叉丸　お前の故郷で今、そう言われている。

小次郎　どういうことだ。

純友　おぬしが都に出たあと、坂東では戦乱が起こり、民達はほとほと迷惑している。将門小次郎がいれば、こんな騒動はすぐに収まるのに、と口にしているということだ。

小次郎　……いくさが起こっているのか。

純友　ああ、そうだ。発端は朝廷から遣わされた役人が税を重くしたことだ。そこにお前の叔父達がつけいって、所領争いで小競り合いが繰り返されている。

小次郎　叔父御達が……。

夜叉丸　お前が都に上っている間に、坂東も安住の地ではなくなったということだ。

小次郎　確かにあ奴らならやりかねない。だけど……。

純友　すべては都でのうのうと暮らしている公家達のせいだ。あ奴らがこの国の富を食い物にして民達を苦しめている。

小次郎　それはそうだ。それはよくわかる。だが、俺にそんな……。位もない、兵もない、そんな俺が……。

純友　志があればいい。

小次郎　……。

蒼真　慌てることはないよ、小次郎。確かに、都の連中はひどい。でも、自分がやれることを見極めるのに時間は必要よ。

小次郎　……ああ。

立ち上がる小次郎。

夜叉丸　どこに行く。
小次郎　逃げはせん。少し、頭を冷やしてくる。

と、立ち去る。

純友　さて、あの男、どう動くか。
夜叉丸　案ずるな。必ず奴は立つ。
蒼真　（純友に）ほんとに反乱を起こすつもり？
純友　ああ。
蒼真　それがどういう結果になるかわかってるの。
純友　渡来の国のことがいいたいのか。
蒼真　そう。
桔梗　……蒼真。
蒼真　……確かに、この国の政《まつりごと》も乱れている。でも、あなたにその立て直しができるとでも。
純友　……私がやるとは言っていない。
蒼真　じゃ、あの馬男が？
純友　うまおとこ？
桔梗　小次郎のこと。

夜叉丸　余計な口出しはやめておけ。
蒼真　え。
夜叉丸　この乱はずっと純友殿が練っていたもの。いくら同郷の者でも、簡単に口を出されては困る。
蒼真　そういうあなたは何？　盗賊だっけ。この反乱で何を狙うの。
夜叉丸　俺は、面白い世を望むだけだ。
蒼真　どうだか。
純友　まあまあ二人とも。（蒼真に）この夜叉丸殿は、都ばかりかこの国のことによく通じている。いろいろと相談相手になってもらっているのだ。（夜叉丸に）この女性《にょしょう》の器量は並ではない。昔は情け知らずのソーマと恐れられたほどだ。
蒼真　やめて。……昔の話だから。
純友　ま、仲間に入れれば決して損にはならない。
蒼真　仲間になるとは言ってないわよ。
桔梗　でも……。
蒼真　？
桔梗　でも、今のままじゃ私達はよそ者だよ。この国じゃずっとよそ者。
蒼真　……桔梗。
桔梗　……。
蒼真　……海の風に当たりたくなった。

と、小次郎が去った方に歩き去る。
と、ピシリという音がするのに気づく桔梗。
蒼真が使っていた椀を持ち上げて見る。

純友　なにか?

桔梗　この椀、ヒビが……。

と、持ち上げると器が割れる。桔梗。表情が硬くなる。

夜叉丸　どうした。

桔梗　……ううん、なんでもない。

と、ごまかす桔梗。

×　　×　　×　　×

海を見つめている蒼真。
刀を持った小次郎が戻ってくる。

小次郎　……あ。

蒼真　何してたの？
小次郎　波を切っていた。でも駄目だな。いくら刀を振り回しても波は切れない。ちっとも気持ちがすっきりしない。海はどうも苦手だ。
蒼真　まあ、波はねえ。なかなか切れないよね。
小次郎　坂東はいいぞ。むしゃくしゃすると草の波を切るんだ。
蒼真　草の波？
小次郎　坂東に海はない。でもな、それと同じくらい広々と広がった草の海がある。風が吹くとさわさわさわってゆらめいて、草の波が立つ。思い悩んだ時は、迫ってくる草の波を切っていくんだ。ずんずんずんずん斬りながら進んでいく。振り向くと、そこには草のない大地が広がっている。俺が斬ったところは丸裸の大地になってるんだ。そうすると、いつの間にか悩みはすっかり消えている。
蒼真　それはただの草刈りじゃ……。
小次郎　草と一緒に悩みも刈る。それが坂東流だ。
蒼真　でも、悩みは馬に相談するんじゃなかったの？
小次郎　馬に聞く。聞いて駄目なら草を刈る。それが坂東流だ。

笑う蒼真。

蒼真　よっぽど坂東が好きなのね。

小次郎　おう。
蒼真　じゃ、なんで都なんかに来たの。
小次郎　そうだな。ほんとになんでかな。あの時は、都で官位をもらった方がいいと思ったんだ。
蒼真　ああ。都会で箔つけて、田舎で大きな顔するってやつか。
小次郎　ま、そういうことかな。
蒼真　……小次郎。あなた、坂東に帰った方がいい。
小次郎　え。
蒼真　反乱計画は気にしなくていい。ただ、あなたが戻ることで、戦乱がおさまるんなら、その方があなたのためにも坂東のためにもいい。坂東の民があなたを待ってるのは、ほんとだと思う。
小次郎　ああ、そうだな。そうかもしれん。……なあ、草の海、見たいか。
蒼真　え。
小次郎　草の海、見たいだろう。

まじりけのない瞳で蒼真を見つめる小次郎。

蒼真　……ああ、それもいいかな。
小次郎　よし、蒼真も来い。お前と同じ名前の土地で、馬に乗れ。坂東の大地を一緒に走ろう。そして感じろ。空の風と緑の草原が一つになって——。

蒼真　「俺と馬と空と草とが一つになるのを」。
小次郎　おお。
蒼真　面白い。
小次郎　おお。
蒼真　あなたがね。
小次郎　お。

笑う蒼真。笑い返す小次郎。
波の音と闇が二人を包む。

――暗　転――

【第三景】

翌日。純友の船造り場。
純友が木馬のおもちゃにまたがっている。
ゆらして遊んでいる純友。
夜叉丸が入ってくる。純友を見つめる。

夜叉丸　……。
純友　お、夜叉丸殿。
夜叉丸　……面白いのか、それ。
純友　面白いかつまらないかと言えば、実につまらない。（と、木馬から降りる）
夜叉丸　だろうな。小次郎達は出発したのか。
純友　ああ、一騒動あったがなんとかな。時間が惜しいから坂東までの船を用意したのだが、小次郎殿が海はいやだともめてなあ。で、お守り代わりにこれを渡した。
夜叉丸　木馬をか。
純友　ああ。船の上でもこれにまたがっていれば、少しは馬に乗ってる気分になるだろうと説

夜叉丸　得して、ようやく出立した。
純友　……あの男で、本当に大丈夫か。
夜叉丸　おいおい。推薦したのはおぬしだろうが。
いや、まあ、確かに。坂東で戦っているときのあの男は鬼か神のようだったから。
純友　今後もそれを望むよ。

と、そこに手下の一人が現れる。

手下　お頭。妙な奴が。
純友　なに。

と、手下達に囲まれながらも平然と歩いてくる弾正淑人。

淑人　いや、そのままそのまま。騒がれずともよい。
純友　見れば、高貴なお方のようですが、ここにいるのが何者なのか、おわかりですかな。
淑人　ええ、ええ。瀬戸内の大海賊、伊予純友殿の在所と聞いてお伺いした。私は、弾正淑人。
このたび、海賊討伐軍の将軍に任ぜられることとなった。

気色ばむ夜叉丸と純友の手下達。

淑人　いやいや、そうにらまれるな。ご相談があって参ったのだ。

純友　相談？

淑人　そう。なにせ都育ちで海賊のことはとんとわからぬ。そこで、純友殿にご協力願えないかと思いましてな。

純友　わしに。

淑人　そうだ、そなたに海賊討伐軍の副将軍になってもらいたい。

純友　は？

淑人　純友殿に役人になって欲しいのじゃ。もちろんそのご一党達も宮仕えの身分と考えてもろうてよい。

純友　馬鹿々々しい。わしらに海賊を討てというのか。

淑人　それは違う。海賊行為をやめるように説得してもらえばよい。彼らには略奪などせずとも生きていける道を用意する。

純友　なに。

淑人　今の海賊の大半は、もとは漁師や百姓であったと聞く。それが重い税の取り立てで、収穫物を根こそぎ奪われ、やがて船も家も取り立てられたと。それゆえ、おかみに不満を持ち、朝廷や商いの船を襲うようになったと。確かにそうかな。

純友　よう調べられておるな。

淑人　であるのなら、家も船も生業《なりわい》も与える。海賊をやめるのならば、もう一度普通の民として暮らすことを許す。そのことを多くの海賊衆に伝えるために、おぬしの力を借りたいのじゃ。

夜叉丸　そのようなことできるわけがない。

淑人　その権限をいただくことで、わしは海賊討伐軍の将軍を引き受けた。（純友の手下達に）おぬしらも、戦いが好きで海賊をやっているわけではあるまい。

淑人の言葉にざわつく手下達。

純友　だが、言葉だけでは信用できない。

淑人　確かにそうかもしれませんな。すぐに返事はいらない。この弾正淑人の有り様、よく見ていてほしい。そして、信用できると思うてくれたなら、その時は是非、力を貸して下され。

純友　あいわかった。（手下に）弾正殿をお送りしろ。決して傷つけるでないぞ。身体一つで来られた公家衆を傷つけたとあっては、この純友が世間の笑い物になる。

淑人　お気遣い痛み入る。が、わしならば大丈夫だよ。では、よい返事を待っております。

と、飄々と立ち去る淑人。

純友　ここにきて大胆な懐柔策とはな。出鼻をくじかれたわ。さすがに、まだ朝廷にも人物はいるか。

夜叉丸　まさか純友殿ほどのお方が、あのような甘言にのるとは思えぬが。

純友　心配するな。

夜叉丸　では俺は、最初の手はず通り坂東へ。

純友　ああ。西海はお任せあれ。

と、会釈すると駆け去る夜叉丸。

×　×　×　×

一人、道を歩く淑人。

その前に立つ夜叉丸。

夜叉丸　……一人、徒歩で来られたとは、変わった公家衆ですな。

淑人　おう。朝廷でもよくそう言われますわ。先ほど、純友殿と一緒におられた方ですな。

夜叉丸　名乗りはいいでしょう。すぐに意味がなくなる。

刀を抜く夜叉丸。

淑人　おやおや、私が気に入りませぬか。

夜叉丸　まあ。

淑人　ふうむ。困った。

夜叉丸　困りますか。

淑人　ああ、大いに困る。私は非常に臆病でしてな。海賊と下手に戦い、この命なくしとうない。それ故、知恵を絞って考え出したのが、先ほどの策です。自分の命が惜しくて話した策が、逆に自分の命を縮めるとは、これは皮肉にもほどがある。

夜叉丸　まったくよく喋るお方だ。

淑人　どうですか。なんとかこの命、見逃してもらう術はありませぬか。私でできることでしたら、かなり頑張りますが。

夜叉丸　それは無駄な努力でしょうな。

淑人　なるほど。どうしても私を消したいと。それはどなたのお考えなのかな。

夜叉丸　……。

淑人　……どうやら、純友殿とは違うお考えをお持ちの方が、別におられるようですな。

夜叉丸　その口、命を削りますぞ。

淑人　いやいや、なんとしても生き延びますよ。

夜叉丸　太刀も持たぬお方がどうやって。

淑人　私の太刀は影なのですよ。

と、二人の間に黒い影が割って入る。
その影は剣を持つ。素早い動きで夜叉丸に襲いかかる。夜叉丸、剣で受ける。

割って入ったのは太刀影である。淑人を守り夜叉丸と戦う。二人の腕は互角。

夜叉丸　ふん。余裕があったのはそういうわけか。

淑人　臆病者だと言うたでしょう。いろいろと気を回してはおるのです。

夜叉丸　その気配り、目障りだな。

と、淑人の方に向かおうとする夜叉丸をとめる太刀影。

太刀影　殿に手は出させせん。

夜叉丸に立ち向かう太刀影。

夜叉丸　どけ！

と、太刀影を退ける夜叉丸。淑人に向かおうとした時、一人の女が現れて止める。みずちである。

みずち　よせ、夜叉丸！

夜叉丸　お前は。

みずち　今はよい。

夜叉丸　しかし。

みずち　今はよいのだ。来よ。

夜叉丸、淑人をにらむが、みずちに従い駆け去る。
彼らが去ったのを見届けてから、剣をおさめる太刀影。

太刀影　おケガはございませぬか、淑人様。

淑人　おうおう。おかげで助かった。

太刀影　仕留められずに申し訳ありません。

淑人　よいよい。この身が無事であればな。だが、この仕事、なかなか難しいものかもしれんな。奥の大殿も厄介なことを命ぜられたものだ。

と、夜叉丸達が去った方を見る淑人。

——暗　転——

【第四景】

坂東。

飢えた農民達が、怒りに満ちた歌を歌っている。自分たちには食べる物も着る物もない。根こそぎ役人が巻き上げる。身ぐるみはがれてクルミをかじるしかない。などという歌。

怒りに満ちているので、激しい曲調。

その中心にいる栗毛野《くりげの》。汚れた姿になってはいるが、武士の妻である。

と、農民のうど吉とむかごが扇動する。

うど吉　みんな、こんな一生懸命歌ってても、お役人に声は届かねえ。
むかご　こうなったら実力行使しかねえ。そうだな、栗毛野様。

こちらも薄汚れた武士姿の葦原四郎《あしはらしろう》が、栗毛野に言う。

四郎　確かに、このままではみんな飢え死にです。
栗毛野　わかりました。今から国府《こくふ》に向かいましょう。

うど吉　国府。
栗毛野　そうです。坂東を司る役所です。国府の倉には、蓄えがある。その蓄えを飢えた者達に分けてもらうよう、直訴しましょう！
うど吉　おおおー、直訴だ直訴だ。
むかご　強奪だ、強奪だ。
うど吉　根こそぎかっぱらえー！
栗毛野　違ーう。直訴は訴えること、力尽くで奪うのではありません。（と、とめるが、大きく腹の虫がなる）ええい、背に腹は代えられない。強奪でも略奪でもいい。食べ物を手に入れましょう‼
一同　おおー‼

と、そこに武士達が現れて、農民達を蹴散らす。栗毛野と四郎を残し、農民は消える。

栗毛野　あ、お前達ー。

と、その前に現れる国司、常陸源五《ひたちのげんご》。坂東をおさめるため朝廷から遣わされた長官である。その妻の邦香《くにか》。そして坂東の豪族、良兼武蔵介《よしかねむさしのすけ》、良正上総介《よしまさかずさのすけ》。

武蔵介　国府を襲う？　そんなことが許されると思うか。

邦香　盗っ人猛々しいとは、まさにこのことですね。
栗毛野　お前達は。
源五　我こそは坂東の国司、常陸源五。
邦香　その妻、邦香。
武蔵介　その父、良兼武蔵介。
上総介　その弟、良正上総介。
武蔵介　血縁関係でかたくかたく結ばれた、この坂東の覇者の一族だ。
栗毛野　何言ってるの。あなたの兄は私の夫。義理の姉の私をこんな目に遭わせておいてなにが血縁関係よ。
武蔵介　命の切れ目が縁の切れ目。死んだ者はいない者だよ。
四郎　貴様ら、小次郎様が都に行ったのをいいことに我が屋敷を襲い、所領を奪い、留守を守る栗毛野様を放逐し、無法のやり放題。こんなことが許されると思うか。
武蔵介　許される！
源五　だって、わしが許したんだもん。おぬしの息子将門小次郎も、都で左大臣枇杷麿様に逆らい、行方しれずになったと知らせが来た。
栗毛野　なにい。
邦香　栗毛野殿、あなたは謀反人の母親なのですよ。
栗毛野　ふん、裏切り者のそなたがいけしゃあしゃあと。
邦香　私のどこが裏切り者ですか。

栗毛野　そなたは小次郎の許嫁だったはず。それが、国司の源五殿にいいよられると、さっさと鞍替えして。この口でいいます。そんな女がどの口で小次郎をそしりますか！

邦香　この口でいいます。このサクランボのようにプリプリッとした唇。旦那様が大好きなこの可愛い唇でいいます。ねえ。

源五　うんうん。

武蔵介　我が娘が、小次郎と許嫁など、そんないいがかりはやめてもらおうか。

栗毛野　約束を反古にするか。

武蔵介　負け犬には水もやるなということだ。

四郎　くそう、おのれら。

源五　お尋ね者の母親だ。捕らえて、牢に放り込め。

上総介　心得た。

と、栗毛野に向かう上総介。
そこに駆け込んでくる小次郎、上総介を手に持っていた木馬で殴り倒す。

上総介　ほげえ！

襲う武士達も、木馬で殴り倒す小次郎。

小次郎　ご無事ですか、母上！
栗毛野　こ、小次郎！
小次郎　はい。将門小次郎、戻って参りました！
栗毛野　おおお、よく無事で。
四郎　若！

驚いている源五一党。邦香は源五の後ろに隠れる。

武蔵介　……生きていたとはな。
小次郎　武蔵介叔父上、上総介叔父上。なぜ我が母をこのようなひどい目に遭わす。
武蔵介　ぬしのせいだよ、小次郎。
小次郎　俺の。
武蔵介　ああ。おぬしは左大臣に逆らった謀反人だ。謀反人の母親が罰せられるのは当然のこと。
栗毛野　何言ってるの。そのずっと前からあんた達は好き勝手してたじゃない。小次郎。こ奴らはあなたがいないのをいいことに、我が屋敷も土地も奪い取ったのですよ。
小次郎　なにい。
武蔵介　勝手ではない。国司様の許可はもらっている。のう、国司殿。
源五　おお。わしの言うことが坂東の法律じゃからな。
小次郎　貴様か。都から来た国司というのは。

源五　常陸源五じゃ。
邦香　そしてその妻、邦香。許嫁だった女が、国司様に嫁いだからといって逆恨みはやめて
　　　ちょうだいね。
小次郎　許嫁？　誰が誰の？
邦香　私があなたのよ。覚えてないの。
小次郎　しらん。
邦香　だって、小さいころから一緒に遊んでたでしょう。
小次郎　おお。
邦香　その時、「大きくなったらお嫁にしてね」っていったでしょう。
小次郎　……しらん。
邦香　きいてなかったの。
小次郎　うん。
邦香　許せない。この男、婚約不履行で訴えます。
栗毛野　お前が言うな！
小次郎　叔父上方、国司を味方につけて好き放題か。それでは坂東武者の名が泣きますぞ。
武蔵介　おぬしに言われる筋合いはない。
源五　この謀反人を捕らえて都に送れば、左大臣様へのの覚え、ますます上がろうというもの。
　　　やってしまえ。
上総介　小次郎、いくらお前の腕が立とうと、のこのこ一人で来たのが運の尽き。

武蔵介　この人数相手ではかなうわけがない。素直に降参しろ。
小次郎　それはどうかな。
上総介　ぬ。
小次郎　この坂東には生涯の友がいる。その友がいる限り俺は負けない。

と、指笛を吹く小次郎。
と、突然地鳴りがする。無数の蹄の音だ。

源五　なんだ。

武士の一人が駆け込んでくる。

武士　大変です。野良馬の大群がこちらめがけて駆け込んできます。
源五　野良馬⁉

と、黒馬鬼率いる馬軍団が駆け込んでくる。
馬とは言え、みな人間の姿。たとえば皮の服にたてがみ風の髪にして両端が馬の蹄の形をした棒型の得物を持っているなど。
小次郎視点で擬人化された馬だ。

馬蹄棒で武士達を叩きのめす黒馬鬼。

黒馬鬼　ブヒヒヒヒーン！　（と、いななくと）無事か、小次郎！

小次郎　きたな、黒馬鬼。我が愛馬！

黒馬鬼　おう。お前が坂東に戻ってくるのを首をなが－くして待ってたぜ、馬だけに。ブルル。

小次郎　ありがとう。久しぶりに一緒にやるか。

黒馬鬼　まかせろ。こんな奴ら一気に蹴散らしてやるぜ、馬だけに。

武蔵介　国司様。ここは我らにおまかせを。

邦香　そうね、行きましょう、あなた。

源五　わかった。後は頼むぞ。

武蔵介　は。

と、邦香と源五、先に逃げ出す。

小次郎　いくぞ、黒馬鬼。

黒馬鬼　おう。準備はいいか、野郎馬ども。

馬軍団　ブヒヒーン。

と、小次郎は抜刀する。四郎も栗毛野を守って戦う。黒馬鬼他の馬たちは馬蹄棒で武士達と戦う。

馬にやられる武士達。

小次郎　見たか、人は裏切るが馬は裏切らない。坂東の海は草の海、坂東の馬は俺の馬だ。

馬軍団　ブヒヒーン！

武蔵介　ええい、いったん陣屋に戻れ。

上総介　おう、兄上。

武蔵介、上総介とその兵、退却。

栗毛野　陣屋って、もともとうちの家じゃないの。

小次郎　よおし、このまま一気に屋敷を取り戻すぞ！

四郎　はい、若！

黒馬鬼　まかせろ、小次郎！

小次郎　母上はこれで！（と、持ってきた木馬を渡す）

栗毛野　え、あ、待って。

屋敷に向かう小次郎と四郎。黒馬鬼率いる馬軍団。あとを追う栗毛野。

×　　×　　×　　×

小次郎の屋敷。その庭。
逃げてくる武蔵介と上総介。

武蔵介　この屋敷で、小次郎達を迎え撃つ。
上総介　者ども、いくさに備えよ。

が、兵の準備が整う前に殴り込んでくる小次郎と四郎、黒馬鬼と馬軍団。
武蔵介達の兵を蹴散らす。

小次郎　叔父上。ここは我が屋敷。それを我が物顔で陣屋に使うとは無礼千万。返してもらうぞ‼

と、いったん戦闘モードになると、勢いが止まらない小次郎。武蔵介、上総介を叩きのめす小次郎。
ふらふらの武蔵介と上総介。

武蔵介　すまん、悪かった、小次郎。
小次郎　いまさら謝って済むと思うか。その首たたき落として、おのが屋敷に送りつけてやる！
上総介　ごめんなさい。もう、しません！

小次郎　戦場《いくさば》で、「ごめん」が聞けるか。生きるか死ぬか、それがいくさだ！　二人とも、くたばれ!!

刀を振り上げる小次郎。
そこに現れる蒼真。桔梗も続く。

蒼真　待って、小次郎！
小次郎　蒼真。
蒼真　その人達にもう戦う気力はない。逃げ腰の人間を殺すの？
小次郎　それが坂東武者だ。

武蔵介、上総介、土下座する。

武蔵介　悪かった、小次郎。
上総介　許して下さい。
蒼真　もう勝敗は決まった。いくさは終わったの。これ以上は、無用な殺しあいよ。そしてそれは、不要な憎しみを呼ぶ。
小次郎　……。

刀を構えたまま叔父達を睨みつける小次郎。

蒼真　もういいでしょう、小次郎。

刀をおろす小次郎。

小次郎　いけ。
武蔵介　おお、では。
小次郎　よく覚えておけ。この将門小次郎が戻ってきた以上、勝手は許さぬ。屋敷と所領、返してもらう。わかったな。
武蔵介　ああ、わかった。約束する。
上総介　行きましょう、兄上。

と、とっとと逃げ去る武蔵介、上総介。

黒馬鬼　よし、お前達もいいぞ、ご苦労さん。

と、馬軍団も立ち去る。

小次郎　よくやった、偉いぞ、黒馬鬼。

と、黒馬鬼のたてがみをなでながら首の辺りをポンポンと叩く。馬にする仕草だ。

黒馬鬼　ブルブルブル。（と、鼻を鳴らすと、小次郎から離れて、胸から葉巻を取り出すように人参を取り出す）俺とお前の仲だ。当然だよ。（と、葉巻をくわえるように人参をくわえる）で、この別嬪さん達は何者だ。

と、カッポカッポと蹄の音を立てながらゆっくり蒼真に歩み寄る黒馬鬼。ジロジロと蒼真を見る。ひるむ蒼真。

蒼真　……なに、この馬。
小次郎　「この別嬪は誰だ」って聞いてるんだ。
黒馬鬼　ブヒヒーン。
蒼真　……ほんとに馬としゃべれたの。
小次郎　そう言ってるだろう。黒馬鬼。彼女は蒼真、外つ国からの渡り人だ。
黒馬鬼　ブルルルル。
小次郎　「よろしく」って言ってる。
蒼真　あ、よ、よろしく。

桔梗　私は桔梗。聞かれないから自分で言うけど。

と、黒馬鬼、桔梗に人参を差し出す。

桔梗　なに。
黒馬鬼　ブル、ブル、ブヒヒン。
小次郎　「坂東の人参はうまいぞ、食え」だって。
桔梗　え。
黒馬鬼　ヒヒン。
小次郎　「食え」。
桔梗　あ、ありがとう。（と、受け取る）
小次郎　どうやら黒馬鬼は、桔梗のことが気に入ったらしいな。
桔梗　えー。
黒馬鬼　ブヒン。（と、照れる）
小次郎　「よせやい」。
蒼真　あー、それは何となくわかった。

と、そこに四郎と栗毛野が戻ってくる。

四郎　若、屋敷を占領していた兵がひいていきます。
栗毛野　ありがとう、小次郎。（と、蒼真を見て、警戒する顔で）誰？
小次郎　ああ、こちらは蒼真。都で知りあい、坂東にきてもらいました。
栗毛野　なにしに？（と、露骨にいやそうな顔）
小次郎　我が妻に迎えます。
蒼真　ちょ、ちょっと。まだそうと決めたわけじゃ。
栗毛野　嫁か？　お前の？

いやな顔でジロジロ蒼真をにらむ栗毛野。

桔梗　（小声で）いきなり姑の顔になったわよ。
蒼真　え。
桔梗　しかも私は紹介されないし。
蒼真　桔梗。
桔梗　いいの、ここまできたら、むしろそれが個性？　みたいな？
黒馬鬼　ヒヒン、ブヒヒヒヒン。
桔梗　「そんなこたあねえ、あんた、いい毛並みだぜ」
小次郎　どうやら、坂東で気に入ってくれるのは、馬くらいみたい。
桔梗　ヒヒン。
黒馬鬼

小次郎　屋敷は取り戻した。次は所領だ。
四郎　散り散りになった郎党達を集めます。
栗毛野　おお。小次郎殿がお帰りなった以上、武蔵介らの好き勝手にはさせませぬぞ！　宴の準備だ。
小次郎　おう。よい酒とよい肴を用意せよ。（黒馬鬼を見て）あと、よい草を！
黒馬鬼　人参もな。
小次郎　おう。
黒馬鬼　よーし、今日は食うぞ、草食うぞ。ブヒヒヒヒーン。

黒馬鬼、いななく。
蒼真と小次郎を残し一同去る。

小次郎　ごめんな、あんなお袋で。
蒼真　え。いやいや、気にしてないから。
小次郎　でも、これからお前の母親にもなるわけだし。
蒼真　いや、まだそれはそうと決まったわけでは。
小次郎　ええええ。ダメなの。
蒼真　いや、いやというわけでも。
小次郎　どっちなんだよ。

蒼真　もう少し、時間を頂戴。いろいろ考えたいの。
小次郎　うー、ややこしいなあ、お前は。坂東じゃもっとはっきりしてるぞ。

そこに現れる夜叉丸。

夜叉丸　お邪魔かな。
小次郎　夜叉丸。
蒼真　邪魔だと言っても、去る気はないでしょ。
夜叉丸　ああ。
蒼真　じゃ、聞くなよ。
夜叉丸　叔父達の兵を打ち破り、館と所領をあっという間に取り戻したか。さすが、いくさ上手。
小次郎　都にいる時とは顔つきが違うぞ。
蒼真　ああ。やっぱり坂東の空気はうまい。
夜叉丸　こんなところまで何しに来たの。純友に、小次郎のお守りでも仰せつかったのかしら。
蒼真　お前には関係のないことだ。
夜叉丸　あら、そう。
小次郎　（小次郎に）俺とともに来てくれ。お前に会わせたい方がいる。
夜叉丸　またか。
俺はお前にとってはそういう役回りらしい。

蒼真　今度は誰よ。
夜叉丸　すまんが今回は小次郎だけだ。
小次郎　俺だけ?
夜叉丸　そうだ。常世王《とこよおう》がお前に会いたがっている。
小次郎　なんだと。
蒼真　……常世王?
小次郎　……しかし、なぜお前が常世王の居場所を知っている。

夜叉丸、懐から木製の守り人形を出す。

小次郎　この細工は……。
夜叉丸　俺の親の形見だ。
小次郎　……お前、蝦夷《えみし》か。
夜叉丸　そういうことだ。
蒼真　小次郎。
小次郎　……すまない。先に屋敷に行っていてくれ。
蒼真　でも。
夜叉丸　これは東国の者だけの話だ。さ、こい。
小次郎　わかった。

蒼真を置いて去る小次郎と夜叉丸。
蒼真、しばらく迷うが、二人のあとを追う。

――暗　転――

【第五景】

御霊山。そこに神殿がある。

何人もの巫女が祝詞をあげている。中心にいるのはみずち。

蝦夷の神、荒覇吐《あらはばき》を讃える祝詞であるが、東の辺境に押し込められて中央の朝廷を呪う歌にも聞こえる。

おどろおどろしい雰囲気。

そこに現れる小次郎と夜叉丸。

夜叉丸　王よ。常世王《とこよおう》よ。坂東の雄、将門小次郎殿、お望みによりお連れしたぞ。

と、奥から姿を見せる常世王。

みずち　まつろわぬ民、従わぬ国、蝦夷の大王《おおきみ》、常世王である。
常世王　ご苦労だったな、夜叉丸。
夜叉丸　は。

常世王　そなたが将門小次郎殿か。わざわざご足労いただき感謝する。
小次郎　本当にあなたがあの常世王ですか。
常世王　この老体の名を知っていてくれたか。
小次郎　はい。朝廷の制圧に逆らって、蝦夷達をまとめ反乱を起こした勇気ある長の名を知らぬ者は、東国にはおりません。でも、生きておられたとは。
常世王　哀れよの。今では、朝廷の探索を逃れ、このように山々を移りながら隠れ住んでおる。

と、小次郎を見つめる常世王。

小次郎　どうかしましたか。
常世王　なるほど、確かにその身にまとうは猛々しき闘気であるな。噂通りの美しき武士《もののふ》である。
小次郎　美しいと言われたのは初めてです。
常世王　そうか。森の民達は、そなたの噂で持ちきりだ。
小次郎　森の民？
常世王　ああ。森に暮らす生きとし生ける者達。うさぎや鹿、猿、草木もみな、馬に乗り草原を駆けるそなたを噂しておる。
小次郎　獣や草と話せるのですか。
常世王　ああ、彼らの気持ちはわかる。
小次郎　馬は、馬はどうですか。

常世王　無論。
小次郎　いやあ、嬉しいなあ。俺もなんです。俺も馬と話すんです。みんな信じちゃくれないんですが、そうか、他にもいたんだ、馬と話せる人が。
常世王　この世に生きる物は、すべて言葉を発しておる。聞こうとしない者には聞けぬだけだ。
小次郎　いや、他はいいんです。馬だけでいい。いいですよねえ、馬。俺の愛馬は黒馬鬼ってんですけど、これがまた愉快な奴でね。
夜叉丸　小次郎、馬の話はそろそろいいか。
小次郎　え。今からが本題だぞ。
夜叉丸　馬の話をするために、お前をここに呼んだわけではない。
小次郎　えー。じゃ、帰る。
夜叉丸　馬鹿か、お前は。
小次郎　鹿は余計だ。

と、みずちの声が響き渡る。

みずち　日の本の国若き時、その東の果てにまつろわぬ民あり。

その言葉の響きに小次郎と夜叉丸、黙る。
他の巫女達も群唱する

みずち&巫女　彼ら野に在りて、未だ帝《みかど》に従わず。山を駆けること禽《とり》の如く、草を走ること獣の如し。

常世王　かの民の名を蝦夷《えみし》。荒ぶる神を奉じる自由の民なり。

　　夜叉丸、常世王に頭を垂れている。

常世王　みずち。

みずち　は。

　　と、みずちと巫女、祭壇にかかっていた御簾を上げる。そこに棺に刺さった剣がある。

常世王　これぞ荒覇吐《あらはばき》の剣《つるぎ》。かつて、若き蝦夷の王が、荒ぶる神荒覇吐を貫き、永遠の契りを結んだ時に用いた聖なる剣《つるぎ》である。

　　巫女、みずちを残して立ち去る。

小次郎　……荒覇吐の剣だと。

夜叉丸　知っているか。

小次郎　ああ。かつて、勇猛なる蝦夷の王がその剣をふるい、朝廷を襲ったと聞く。帝をも恐れさせた大いなる剣だ。坂東武者も憧れの剣だよ。

夜叉丸　俺たち蝦夷は、居所《いどころ》を定めず、山々を流れ歩く漂泊の民。何者にも従わず何者をも従わせず、己の自由を貫く。その蝦夷の誇りを守った剣だ。

常世王　将門小次郎。この荒覇吐の剣、そなたに受け取って欲しい。

小次郎　俺が？

常世王　ああ。

小次郎　しかし、それは蝦夷の王のための剣だろう。俺は武士だ。蝦夷じゃない。

常世王　その蝦夷の夢、そなたに託す。

小次郎　え。

みずち　山々を自由に移動する蝦夷からは税がとれない。朝廷は、我々を武力で押さえ込み、我々の生き方を奪い土地に縛りつけた。常世王は、蝦夷の自由を取り戻すために、朝廷にいくさを挑まれた。

常世王　だが、力及ばなかった。多くの勇者を失い、生き残った民も散り散りとなった。私自身、こうしてご神体である剣を守って逃げ隠れしているのが、やっとだ。もう、私に戦う力はない。だからこそ、そなたに蝦夷の夢を託したい。

小次郎　それは、反乱を起こせということか。

夜叉丸　違う。この東国にお前が望む国を造れと言っているのだ。

小次郎　……。

考えている小次郎。
と、蒼真が現れる。

蒼真　小次郎。

蒼真の出現に身構えるみずち。

みずち　何奴《なにやつ》！
常世王　よい。騒ぐな。
みずち　はい。
小次郎　蒼真、ついてくるなと。
蒼真　でも、あとを追ってよかった。小次郎、よく考えて。その剣を手にするということは、あなたの大好きな坂東の草の海を血の海にするってことよ。
夜叉丸　余計な口出しはやめてもらおうか。
蒼真　やっぱりただの盗賊じゃなかったようね。純友をたきつけたのも、こういうわけ。
常世王　そう苛立つな。外つ国の女性《にょしょう》よ。
蒼真　私のことも知ってるの。
みずち　常世王は、この世の全てに通じておられる。

蒼真　あら、それは大したものだこと。
常世王　私は蝦夷だけで反旗を翻し敗北した。あとに続く者が、その過ちを犯してはならぬ。その思いで夜叉丸に動いてもらった。
夜叉丸　東と西から同時に攻めれば、中央の都もさすがにもたない。
蒼真　倒してどうするの。小次郎、あなたにそのあとの国造りができるの。
常世王　心配するな。そなたの二の舞にはならぬよ、蒼真殿。
蒼真　え。
常世王　自らの国を滅ぼしたそなた達のようにはな。
蒼真　なぜ、それを。
みずち　言ったはずだ。常世王は――。
蒼真　この世の全てを知っている？　そんな人間がいるわけがない。純友から聞いたんでしょ、そこの夜叉丸を通じて。

夜叉丸ほくそ笑む。

蒼真　やっぱり。
小次郎　どういうことだ。
夜叉丸　その女も、祖国で反乱を起こした。その結果、渡来の国は滅んだのだ。
小次郎　え？

蒼真　……私たち渡来の国の王もひどい政《まつりごと》をおこなっていた。官僚は不正を行い、民達は飢えきっていた。だから私達は立ち上がった。王の一族と戦い、彼らを倒した。でも、私達にはそのあとの考えがなかった。国の政治をおこなう力がなかった。その混乱を隣の国につけこまれて侵略され、結局自分の国を失うことになった。それが十年前……。

夜叉丸　かろうじて敵の手から逃れた者達が、この日の本に渡ってきた。それが彼女たち渡来衆だ。その女は、国を滅ぼした女だ。

小次郎　……蒼真。

蒼真　そうよ。その通り。でも、だからこそ、小次郎には私と同じ道をたどって欲しくない。あなたはね、馬と一緒に草の海を走るのが向いている。私はその姿を見にこの坂東に来たの。

小次郎　……反乱の長は、俺には荷が重いというのか。

蒼真　違う。

小次郎　俺はしょせん馬程度の男だと、そういうのか。

蒼真　そんなつもりはない。話を聞いて。

常世王が集中して祈っている。蒼真、それに気づく。

蒼真　常世王！　小次郎に何してる⁉

常世王　大声を出されるな。戦勝の祈願をしていただけですぞ。

蒼真　（小次郎に）しっかりして。こいつら、あなたを操ろうとしてる。
夜叉丸　おいおい。自分の意見を押しつけようとしているのは、お前の方じゃないのか。

と、そこに馬のいななきが聞こえる。
巫女達が何者かから逃げ込んでくる。

夜叉丸　どうした。
巫女１　大変です。暴れ馬が。
小次郎　馬⁉

みずちを残して巫女は逃げ去る。
と、駆け込んでくる黒馬鬼。その背に矢が数本刺さっている。

黒馬鬼　よかった。見つけたぞ、小次郎！
小次郎　黒馬鬼。なぜここが。
黒馬鬼　お前のにおいを追ってきた。急いで戻ってくれ。武蔵介の兵が屋敷に攻めてきた！
小次郎　なに⁉
蒼真　どうしたの。
小次郎　叔父御達が屋敷を襲った。

蒼真　でも彼らは負けて恭順したはずじゃ。
小次郎　戦えるうちは何度でも戦う。それが坂東武者の意地だ。腐った叔父上達もその意地だけは持っていたのだ。
黒馬鬼　不意をつかれて屋敷は火の海だ。郎党達は散り散りに逃げている。
小次郎　やっぱり、あの時殺しておけばよかった。（蒼真に）お前の言葉に従った俺が馬鹿だった。
蒼真　そんな。
常世王　小次郎殿。叔父御達を討たれるのならば、荒覇吐の剣をお持ちなされ。蝦夷の王の証は、東国の王の証。必ずそなたの役に立つ。
蒼真　それは反乱軍の長になるということよ！　朝廷と戦うということよ！
小次郎　……。（迷う）
夜叉丸　またその女のいうことを聞いて、後悔するのか。
黒馬鬼　小次郎、早く！

小次郎、意を決して、荒覇吐の剣に向かう。

蒼真　小次郎。
小次郎　叔父御達と決着をつける。あとのことはそれからだ！

と、荒覇吐の剣を摑むと引き抜く小次郎。
その剣を大きくかざす。

常世王　見事だ、将門小次郎。

喜ぶ常世王、夜叉丸、みずち。
蒼真、小次郎の姿を悲しい目で見る。

小次郎　行くぞ、黒馬鬼！
黒馬鬼　おう！

駆け去る小次郎と黒馬鬼。

蒼真　（常世王達を睨みつけ）小次郎をあなた達の駒にはさせない。

踵を返して小次郎の後を追う蒼真。

常世王　見たか、夜叉丸。荒覇吐の大剣をいともたやすく引き抜きおった。さすが、見事な剛力だ。

みずち　坂東の戦端は開きました。夜叉丸。伊予純友に連絡を。

常世王　は。

夜叉丸　これで東国と西海、二つの火薬庫が爆発する。その火の手は中央を囲み、京の都を燃え上がらせる。帝も貴族もみな燃え尽きるぞ。

常世王　そのあとに、総ての民が自由に生きられる国を造る。そういうことですよね、常世王。

夜叉丸　その通りだ。

常世王　ただ、気がかりなのは、弾正淑人という男。

夜叉丸　海賊に懐柔策で臨んだ男か。

みずち　はい。朝廷には珍しく、得体の知れない男。早めにつぶすのがいいと思いましたが。

夜叉丸　私が止めたのが不服ですか。

みずち　いいえ。

　朝廷の役人を殺して刺激するのはまだ早かった。坂東にいくさの火をつけ、東西に戦乱を起こすのが先決だったのです。

常世王　そう、大切なのはこの火を消さないことだ。むしろ、今、厄介なのは……。（蒼真が去った方を見る）

　　刀を持つ夜叉丸。

常世王　はやるな。はやるな。それは私にまかせよ。

闇に消える常世王、夜叉丸、みずち。

――暗　転――

【第六景】

戦場。草原である。
武蔵介たちの陣。
武蔵介、上総介と彼らの兵がいる。全員、いくさ支度。戦闘から戻ってきたところだ。
皆、負け戦に焦っている。全員、その額に矢が刺さっている。
いくさ支度の源五と邦香もいる。

武蔵介　おのれ、小次郎。きゃつの留守を狙い、奇襲をかけたはよいが、戻ってくるとたちまち形勢逆転だ。
上総介　奴め、荒覇吐の剣など持ち出すとは。どうする、兄上。
武蔵介　うむむむ。
邦香　とりあえず、矢を抜こうか。
武蔵介・上総介　え。
邦香　額の矢、抜こうか。
一同　おお。

と、全員、額の矢を抜く。

邦香　頭、固すぎにもほどがあるから。

源五　あー、都に帰りたい。こんな人間離れした連中の相手はもういやだ。

武蔵介　国司殿、弱音をはかれるな。

上総介　小次郎の勢いはとまらない。今度こそ、雌雄を決する時。腹を決めていただかないと。

源五　えー。

邦香　わかりました。この邦香も坂東武者の娘。覚悟はしております。

源五　えー。

と、そこに鬨の声。

小次郎率いる兵が姿を見せる。黒馬鬼、四郎もいる。

小次郎　ここにいたか、良兼武蔵介！

武蔵介　小次郎か！

黒馬鬼　あれは国司の源五だぞ。

小次郎　よおし。貴様も一緒にその首とってやる！

源五　待て、話しあおう。

上総介　国司殿、ここまでくれば覚悟を決められよ！
邦香　そうです、やるかやられるかです。
源五　ああ、だから田舎武者はいやなんだ。
小次郎　いくぜ、叔父上！
武蔵介　ちょこざいな。返り討ちじゃ!!
上総介　おお！

そこに現れる夜叉丸。

夜叉丸　帳の夜叉丸、将門小次郎殿にご加勢いたす。
小次郎　おう、よくきた、夜叉丸。ようし、者ども、かかれ！

両軍の兵、声を上げて打ちかかる。
雑兵をなぎ倒していく夜叉丸。
雑兵を蹄棒で蹴り倒していく黒馬鬼。
嬉々として、敵を切り倒している小次郎。

小次郎　我こそは将門小次郎。この剣は荒覇吐の剣。その命、惜しくなければかかってこい！
武蔵介　小次郎！

上総介　勝負だ！

打ちかかる武蔵介、上総介。それを打ち倒す小次郎。

小次郎　良兼武蔵介、良正上総介、二人の首は、この将門小次郎が討ち取った！

「おお！」と答える将門の兵。

夜叉丸　残るは国司の首、ただひとつ！

源五　ひいいいいい。

逃げようとする源五を押しとどめる邦香。

邦香　逃げちゃ駄目。やるかやられるかですよ！

源五　ええー。

邦香　将門小次郎、国司の兵にいくさを仕掛けるとは、朝廷をもおそれぬ謀反者。一度は愛を交わした身でも、今の私は源五様の妻。おぬしの悪行許しはしない！

小次郎　愛は交わしてない。約束した覚えもない。

邦香　ええい、聞く耳持ちませぬ。さあ、源五様。あんな男、とっととやっつけて！

源五　でも、勝ち目ないよ。
邦香　なくてもやるのです！
源五　じゃ、やるけど。知らないよ、どうなっても。

と、打ちかかる源五。小次郎、源五を叩き斬る。

源五　ね。
邦香　ああ、源五様！　なぜ、こんなことに！
源五　いや、それは君が……。

と、いいかけて倒れる源五。絶命する。

邦香　旦那様あああ。

と、そこに現れる蒼真と桔梗。

蒼真　……これが坂東武者。
桔梗　潔いんだか、馬鹿なんだか……。
邦香　おのれおのれ。夫を失い父を失い叔父を失い、こうなれば、生きていく意味もない。

と、懐剣を抜く。

蒼真　待って。もういくさは終わったわ。あなたが死ぬことはない。
邦香　（蒼真に）勝ち誇った目ね。小次郎も坂東もあなたのものってわけ？
蒼真　違う。
小次郎　黙っていろ、蒼真。これが坂東の生き方だ。
蒼真　そんな。
邦香　将門小次郎、外つ国の女。坂東女のけじめ、見るがいい！

と、邦香は持っていた剣で自害する。
倒れる邦香。

小次郎　あっぱれだ、邦香。（一同に）よおし。国司常陸源五とにっくき叔父御達を倒したぞ。
これで、この坂東を押さえつけるものはなくなった！
兵達　おおー！

倒れている邦香の目を閉じて拝む蒼真。

桔梗　これで終わり……。
蒼真　いいえ、始まりよ。
桔梗　だよね。

蒼真に駆け寄る小次郎。

小次郎　やったぞ、蒼真。これで俺の邪魔をする者はいなくなった。お前と一緒に好きなだけ、草の海を馬で走れる。
蒼真　……小次郎。
小次郎　お前が渡来衆だろうと、自分の祖国を滅ぼした女だろうと、俺の気持ちは変わらない。俺の妻になってくれ。
蒼真　……小次郎。これからが大変よ。
小次郎　え。
蒼真　国司を倒したあなたは大謀反人。朝廷は必ず将門小次郎討伐軍をこの坂東に送り込んでくる。
小次郎　そ、そうか。
蒼真　あなたがこの坂東を愛するなら、この地に生きる人を愛するなら、よく考えなきゃならない。単純にいくさを続けると、この坂東は地獄になる。
小次郎　……。

夜叉丸、そういう蒼真に剣呑な視線。

蒼真　そうならない道を探すのなら、私はあなたの道しるべになりたい。私達のあやまちを繰り返さないために。そういう私でよければ、あなたの妻にして。

小次郎　……わかった。一緒に探してくれ。この坂東の行く道を。

蒼真　はい。

蒼真を抱きしめる小次郎。

小次郎　見てくれ、みんな！　俺の妻の蒼真だ！

黒馬鬼　ああ、よかったな。実にめでたい。（と、いななく）

一同歓声。

小次郎　よし、国司の館を襲え。そして米倉を開放しろ。飢えた農民達に、米を分けてやるんだ。

その言葉に誘われるようにうど吉やむかごなどの農民達も現れる。

うど吉　みんな米だ、米だー。
むかご　さすがは将門小次郎様だ！

歓声をあげる農民達、小次郎を取り囲む。
蒼真と桔梗、人の輪から少し離れる。

桔梗　蒼真、これでいいの？
蒼真　なに、元はといえばあなたが焚きつけたんじゃない。
桔梗　そうだけど……。
蒼真　ごめんごめん。自分で決めた事よ。過去の過ちを正したい。小次郎とならそれができる気がする。
桔梗　そう。だったら私もひとつ、言うことがある。純友の館で、あなたの使ってた器が割れた。占いの卦が出たわ。
蒼真　え？
桔梗　そう。その器はあなたと小次郎。二人の縁は二つに割れる。占いが全てじゃないけど、気をつけるにこしたことはない。
蒼真　ありがとう、桔梗。

そこに、常世王が現れる。

常世王　おめでとう、将門殿。
小次郎　常世王。
常世王　荒覇吐の剣、託しただけのことはある。
小次郎　みんな、蝦夷の長、常世王だ。

一同、驚きのどよめき。

常世王　いや、これからは残った蝦夷も、みな、あなたに従おう。これからは将門殿が、坂東の、いやこの東国をおさめる新しい王となりましょう。都の帝《みかど》に対抗する新しき王、新皇《しんのう》の名こそあなたにふさわしい。

一同の歓声。

夜叉丸　おお、常世王のご神託だ！
常世王　皆の者、聞けい！　将門新皇こそが、朝廷を打ち払い、とこしえにこの坂東を平安の国とする‼

一同の歓声高まる。

と、他は暗闇が包みシルエットになる。
常世王、小次郎、蒼真だけに光が落ちる。
常世王、小次郎に囁く。彼だけに聞こえる言葉だ。

常世王　ですが、それには邪魔者がひとり。あの蒼真がいる限り、あなたの命が奪われる。
小次郎　蒼真が？
常世王　外つ国の女は、この坂東には必要ない。心しておきなさい。

驚いて蒼真を見る小次郎。
蒼真も小次郎を見る。二人の視線が、不吉に絡む。
不敵に微笑む常世王。

――第一幕　幕――

――第二幕――　東方の俠勇　治平を願う

【第七景】

関東。

うど吉、むかご等飢えた民衆達が歌っている。

いくさ続きで田畑も荒らされた。このままでは飯が食えない。またクルミを食うしかない。将門は坂東に幸せをもたらさない。ただ、戦火が広がるばかりという歌。

その民衆を蹴散らすように現れる兵士達。

将門軍と朝廷軍が戦っているのだ。兵に脅え逃げ出す民衆。

小次郎と黒馬鬼、葦原四郎が兵と一緒に戦っている。小次郎の手に荒覇吐の剣。

朝廷軍を指揮しているのは七巻八幡。常平太も加わっている。

常平太　将門小次郎！　この貞盛常平太、父上や叔父上の仇、とらせてもらうぞ。
小次郎　仇討ちとはあっぱれだ。都かぶれの軟弱者になって、坂東武者の心意気など忘れていたと思っていたぞ。
常平太　俺は戻ってきたくなかったんだよ。でも、都でも坂東反乱の長、将門小次郎の名前は轟いている。そのいとこというだけで、都じゃ冷や飯食い決定だ。もう、お前を倒して手

七巻　柄上げるしかなくなったんだよ。まったくこの疫病神が。
常平太　我こそは坂東討伐将軍、七巻八幡。朝廷に逆らう大謀反人、将門小次郎。貴様の首は拙者が落とす。
七巻　関東の男は、頭は硬いが心は弱い。胸を狙ってください。よおし、皆の者、矢を放て‼

将門軍に矢を放つ朝廷軍。ひるむ将門軍。

小次郎　ひるむな、進め進め！

が、将門の兵は逃げていく。

小次郎　何をやっている。
四郎　小次郎様、このままでは総崩れです。いったん退却し、立て直しましょう。
小次郎　だめだ。
黒馬鬼　このままじゃ犬死にだぞ、馬なのに！
小次郎　黒馬鬼、お前まで。ダメだダメだ、どっちかの首が落ちるまで戦い抜く。それが坂東のいくさだ！

と、蒼真と桔梗が現れる。まだ本格的ないくさ支度ではない。小次郎の危機を知りとりあえず駆けつけた風。蒼真は高台で弓を放つ。

蒼真　小次郎、ひきましょう！
小次郎　蒼真、何しに来た！
蒼真　ほんとに兵を全滅させるつもり⁉　向こうも手傷を負ってる。今、こちらが退けば、この戦いはいったんおさまる。こちらの兵も休ませられる。
小次郎　それじゃ敵をつけあがらせる！
蒼真　小次郎、大局を見て！
小次郎　やかましい！
蒼真　桔梗、煙幕を。
桔梗　わかった。

煙幕弾を投げる桔梗。朝廷軍の目がくらむ。

七巻　く！
蒼真　今のうちよ。みんな、退却よ！
桔梗　ひけい、ひけい‼
四郎　者ども、続け！

蒼真の指示に、四郎、兵達を退却させる。
小次郎、不満そう。蒼真が声をかける。

蒼真　小次郎。
小次郎　……。（苦々しげに蒼真を見る）
七巻　女に助けられるとは、将門小次郎、口ほどにもないわ！

その言葉に、七巻に向かって行こうとする小次郎。それをとめる黒馬鬼。

黒馬鬼　いくぞ、小次郎。

黒馬鬼の言葉にしぶしぶ退却する小次郎。

蒼真　（その姿を見て）……。
桔梗　蒼真。
蒼真　ええ。

蒼真と桔梗も退却する。

七巻　よし。一旦兵をひけ。

立ち去る朝廷軍。

×　×　×　×

将門の屋敷。

四郎他、兵を叱りながら入ってくる小次郎。

小次郎　まったくどいつもこいつも！　都の兵相手にふがいない！

四郎　小次郎様。

四郎を蹴飛ばす小次郎。

蒼真も入ってくる。

蒼真　小次郎。（と、止めに入る。四郎に）あなたはもういいわ、あちらで休んで。

四郎　は。

小次郎　お前もお前だ、蒼真。なぜ邪魔をした！

蒼真　……。

小次郎　女に助けられて、この将門小次郎、いい笑いものだ！

蒼真　今、少しくらい笑われてもかまいはしない。
小次郎　なんだと。
蒼真　最後に笑えばいい。
小次郎　それでは武士の面目がたたん！
蒼真　面目？　小次郎は面目のためにいくさをしてるの？　あの声が聞こえない⁉

と、遠くから民衆達が景の最初に歌っていた歌声が聞こえてくる。

蒼真　いくさ続きで田畑もやられて、食べる物もなくなった民達の声よ。
小次郎　全く勝手な連中だ！　国司に税をとられて文句を言ってたのはどこのどいつだ！
蒼真　でも、田畑を焼かれたら、彼らにとってはそれが敵。朝廷軍だろうと将門軍だろうと関係ない。
小次郎　それが勝手だと言っている。
蒼真　落ち着いて、小次郎。その勝手な民達の声を聞かないと政《まつりごと》はできないわ。
小次郎　政なんかいい！　俺はいくさに勝てばいいんだ！
蒼真　小次郎！
小次郎　俺は勝つ。明日も勝つ。明後日も勝つ。ずっと勝ち続ける。それしかない。
蒼真　小競り合いで勝ってなんになるの。朝廷はもっと強い兵を送ってくるだけ。今は休戦しましょう。

小次郎　……貴様、朝廷に負けろというのか。
蒼真　違う。休戦よ。坂東出兵に費用もかさみ、朝廷も疲れている。今なら交渉できる。話しあって折りあうの。
小次郎　……なんで奴らと話しあわなきゃならない。負けた奴は徹底的に潰す、それが坂東武者だ。
蒼真　一旦、いくさをやめて、土地を開墾し作物を育てる。そして国に力をつけるの。多少の税を払っても堪えないいくらい国を豊かにするの。坂東は自立して、朝廷から独立する。新しい国になる。
小次郎　その国は誰の国だ。俺の国か。それともお前ら渡来衆の国か。
蒼真　え。
小次郎　蒼真、お前、政《まつりごと》と俺のどっちが大事なんだ。自分ができなかったことを俺に押しつけてるだけじゃないのか。
蒼真　……。
小次郎　……お前、なんで、そんなにいくさをやめさせたがる。そうか、貴様、朝廷と通じてるな。
蒼真　小次郎。
小次郎　俺を裏切って、朝廷についたのか！
蒼真　違う、落ち着いて。

ハッとする小次郎。周りに朝廷軍の兵士が現れる。小次郎の幻想である。

小次郎　こ奴らは朝廷軍！　裏切ったな、蒼真！

蒼真　誰もいないわよ、何言ってるの。

小次郎　うるさい！　ごまかすな！

と、荒覇吐の剣を抜くと、幻の朝廷軍を斬っていく。

小次郎　蒼真、覚悟しろ！

と、蒼真を襲う小次郎。

蒼真　私があなたを裏切ると思う⁉　落ち着いて！

小次郎　言い訳は聞かん！

小次郎の剣が蒼真を襲う。よける蒼真。

蒼真　く！

小次郎　裏切り者は許さない。それが坂東武者だ！

蒼真　……小次郎。

剣を振り上げる小次郎。

桔梗　蒼真！

剣を持った桔梗が駆けつけて、小次郎の剣を受ける。桔梗の背には弓もある。

蒼真　桔梗、なぜ。
桔梗　いつか、こんなことになるんじゃないかと思ってた。

一旦離れる小次郎と桔梗。蒼真を守ろうとする桔梗。

小次郎　……どけ、女。
蒼真　……桔梗、どいて。
桔梗　蒼真。
蒼真　いいの。（と、小次郎の前に立ち）そんなに私が斬りたいの？　だったら斬りなさい。
それであなたが正気に戻るなら、私はかまわない。さあ。
小次郎　……。

睨みあう蒼真と小次郎。
桔梗、懸命に不穏な気配を探す。一点に気がつくと、そこに矢を放つ。
桔梗の矢を受けたみずちが現れる。

みずち　く。

同時に幻影の朝廷軍が消える。

桔梗　お前、確か常世王の巫女。お前ね。ここに妙な気配を作ってたのは。
みずち　失敬な。私は将門様の必勝を祈願していただけ。その私に矢を放つなど、将門様、その女達、やはり朝廷と通じておりますぞ。
桔梗　なにを言う。
みずち　外つ国の者など信じてはなりませぬ。さあ、御成敗を！
小次郎　うおおおおお！

蒼真に斬りかかる小次郎。彼女の腕を斬る。

蒼真　く！

小次郎、その感触に一瞬動きが止まる。

蒼真　小次郎‼

その声にハッとすると、自分の剣を見つめる小次郎。

小次郎　……草の波。……むしゃくしゃする時は、草の波を斬るはずだ。

小次郎、顔を上げて蒼真を見る。切ない目。

小次郎　……なのになんでお前を斬ってるんだ、俺は……。

と、辺りが真っ赤に染まる。

小次郎　草の海が血の海に変わる……。

それは小次郎の幻視だ。

小次郎　消えろ！　これは幻だ！　俺の心に入って来るな‼

剣をふりまわす小次郎。

みずち　将門様！

みずちと目が合う。小次郎、にらみつける。

小次郎　……貴様か。貴様のせいか。
みずち　く。

みずち、忌々しげに立ち去る。

小次郎　……俺は何をやってるんだ……。

と、荒覇吐の剣を放り投げると、ふらふらと立ち去る小次郎。

蒼真　小次郎！
小次郎　くるな！（と、蒼真を押し留める）俺がいると、この坂東は血の海に変わる。……ああ、

桔梗　お前の言う通りだよ、蒼真。

と、悲しげに笑うといずこともなく消えていく小次郎。
それを見つめている蒼真。あとを追えない。

蒼真　小次郎……。蒼真、いいの?
桔梗　……。(うなずく)
蒼真　(蒼真のケガに気づく) 血が……。
桔梗　大したことはない……。でも、この傷はもう癒やせないかも。
蒼真　……。
桔梗　……言われたよ、小次郎に。私はあの男のことを好きだったのか、それともただ自分の失敗をやり直したいだけなのか……。
蒼真　え……。
桔梗　……私も何をやっているんだろうね。

寂しげに笑う蒼真。心配げに見る桔梗。

——暗　転——

【第八景】

草の海。小次郎を探している黒馬鬼。

黒馬鬼　小次郎！　小次郎！　どこいった、小次郎！

が、叫んでも返事はない。

黒馬鬼　……馬鹿野郎、俺に黙ってどこいっちまったんだよ、小次郎‼

そこに姿を見せる蒼真。

蒼真　……黒馬鬼。

黒馬鬼　蒼真、小次郎はどこだ。もう、ひと月も姿を見せない。

蒼真　……黒馬鬼。

黒馬鬼　俺に黙ってあいつが消えるなんてありえねえ。小次郎はどこにいる。教えてくれ！

蒼真　……わかった、そんなにお腹がすいたのか。
黒馬鬼　ばか、腹は減ってねえ。小次郎のことだよ。
蒼真　ああ、そうだ。人参もたっぷり用意しているよ。
黒馬鬼　この女、俺が食べ物のことしか興味がねえと思ってやがるな。小次郎だよ、小次郎。
蒼真　うんうん、水もある。
黒馬鬼　もういい、やっぱりてめえとは話が通じねえ。

黒馬鬼、行こうとする。その背中にそっと触れる蒼真。

蒼真　……この背中。小次郎はこの背中が一番好きだった。この背にまたがりこの草の海を走るのが。たぶん、私よりも。
黒馬鬼　……。
蒼真　……ごめんね、黒馬鬼。私はあなたの大事な人を奪ってしまった。……でもね、小次郎はあなたが大好きなこの草の海を守るために、消え去ったの。
黒馬鬼　……小次郎が。

蒼真の態度に感じ入る黒馬鬼。

蒼真　……私にはあなたの言葉はわからない。でも、私にできる限り、あなたの気持ちを感じたい。……同じ、残された者同士、仲よくしよう。ね。

と、そっと黒馬鬼の背によりそう蒼真。

黒馬鬼　ブル、ブル、ブヒヒヒーン！

と、いななくと駆け去る黒馬鬼。

蒼真　あ、黒馬鬼！　待って！

が、黒馬鬼は戻ってこない。

蒼真　……馬にも見放されたかな。

と、そこに栗毛野とそれをとめる桔梗が現れる。

桔梗　お待ち下さい、栗毛野様。

栗毛野　どけ、どけというに。

蒼真　桔梗、おかあさま。どうしたの。

栗毛野　ふん。いたな、この鬼嫁が。
蒼真　鬼嫁⁉
栗毛野　しおらしい顔をしてとぼけるんじゃない。小次郎を返せ、小次郎を！
蒼真　え。
桔梗　落ち着いて。蒼真のせいで小次郎様がいなくなったわけではありません。
栗毛野　いーや、あの子は親孝行な子だ。私に黙っていなくなるなどありえない。
桔梗　でも、仕官のために都に行った時も黙って行ったのでしょう。
栗毛野　あ……。きかんきかん。絶対お前のせいに決まってる。
桔梗　栗毛野様。
蒼真　……おかあさまの言う通りです。
桔梗　蒼真。
蒼真　あの人がいなくなったのは、私のせいです。
栗毛野　とうとう認めたな。だからわしはとめたんだ。外つ国の女などろくなものではない。四郎、四郎、おるか。四郎がいなければ誰でもよい。こやつを、この鬼嫁を成敗せよ！
蒼真　……。
栗毛野　お前がいなくなれば全ては丸くおさまるのじゃ。小次郎はきっと帰ってくる！
桔梗　そんなわけないでしょう、落ち着いて！
栗毛野　誰か、誰かおらぬか！

と、覆面をした武士が現れる。

栗毛野　おお。早く、早くあの女を切れ！

と、覆面男が栗毛野の腹を刀の束で打つ。気絶する栗毛野。

蒼真　なにを。

男、覆面を取る。純友だった。

純友　忍んできた身だ。騒ぎは困るのでな。
蒼真　純友。
桔梗　あなたいいの？　西海でも反乱を起こしてる最中でしょ。離れていいの？
純友　その西海の反乱も坂東での乱があってこそだ。将門小次郎が失踪したそうだな。
蒼真　さすがに耳が早いわね。それで心配してきてくれたってわけ。
純友　ああ、何があった。
蒼真　いろいろとね。
純友　蒼真、お前が小次郎の妻になったことは聞いた。それはいい。だが、くだらん痴話げんかであの男の大望をくじいたとすれば、いくら同じ渡来の者だとしても許すことはできんぞ。

蒼真　大望？　あの人の望みは、草の海を馬で駆けることだけよ。余計な事を吹き込んだのはあなた達でしょう。

桔梗　蒼真は殺されかけたのよ、小次郎に。蝦夷の連中にそそのかされて。

純友　なに？

桔梗　おおかた、朝廷軍と和議を結ぼうという意見の蒼真が邪魔になったんじゃない。

純友　蝦夷と我々渡来衆は一枚岩ではないのか。

そこに現れる夜叉丸。

夜叉丸　その岩にひびいれようとする者がいたから、常世王は先手を打たれたのだ。

桔梗　そろそろくるころだと思った。

夜叉丸　む。

桔梗　純友がきたから、慌てて小次郎失踪の理由を言い繕いにくるころじゃないかと思ってたわ。

夜叉丸　言い繕いだと？

桔梗　常世王の巫女が、妙な術を使ってたのはわかってる。小次郎によからぬことを吹き込んだものの、思惑とは逆に小次郎が消え去ったもので焦ってるんでしょ。

夜叉丸　口の過ぎる女は、早死にするぞ。

桔梗　あら、美人薄命ってことかしら。ありがとう。
純友　……今の桔梗の言葉、本当か。
夜叉丸　我らは、この坂東の反乱を成就させねばならぬ。そのために必要な心構えを将門殿に伝えただけだ。女の色香に迷うほど弱い男だとは思わなかった。だが、すぐに探しだし連れ戻す。
純友　……いや、その時間はないぞ。
蒼真　え。
純友　左大臣の一条枇杷麿に坂東討伐の命が下された。大軍を率いて、間もなく足柄の峠を越える。
蒼真　そんな。今の朝廷軍ですら手こずっているというのに。
純友　将門小次郎はもともと一条枇杷麿の家来だった。それが坂東反乱の長となったがために、枇杷麿の立場はまずくなっている。それを払拭するため、西海よりも先に坂東撃つべしの論をはり、大軍を動かしたのだ。将門のいない坂東では勝ち目はないぞ。
桔梗　ほんと?
純友　ああ。おかげで西海のいくさは一時休止だ。私がこちらにこられたのもそのためだ。
夜叉丸　(蒼真に)まったく、貴様が余計な事を……。
蒼真　……。
純友　お前が指揮を執れ、蒼真。
桔梗　純友。

夜叉丸　何を言っている、純友殿。そんな女にできるわけがない。
純友　十年前、渡来の国王軍三万、我々反乱軍五千、六倍の兵を相手にして反乱軍は見事勝利をおさめた。その時軍を指揮したのは、そこの蒼真だ。
夜叉丸　なに。
蒼真　だけど、結局、国を潰した。
純友　このままでは、将を持たぬ坂東の兵は、あっという間に朝廷軍に蹂躙されるぞ。
蒼真　……。
純友　お前がやらなければ坂東は滅ぶ。だが、このいくさに生き残れば新しい道が開けるかもしれん。お前もそのつもりで、小次郎とともにこの坂東に生きる決意をしたのではないのか。
蒼真　……私のこの手で守れるのか。
桔梗　……。
純友　時間はないぞ、蒼真。

大きく息を吐くと決意する蒼真。
蒼真、倒れていた栗毛野を起こす。

蒼真　おかあさま。しっかりして下さい、おかあさま。

栗毛野、気がつく。

蒼真　この蒼真、小次郎殿の嫁としての務めを果たさせてもらいます。あの方がお戻りになるまで、坂東の地を守り抜く。

栗毛野　え……。

蒼真　鬼嫁とそしられてもいい。ですが、坂東の草の海は火の海にも血の海にも変えない。小次郎様が愛された、青々とした草原のまま守り抜く。

栗毛野　……おまえ、なにを……。

蒼真　私は将門小次郎の妻。これまでも、これからもずっと。そうお心得下さい。

蒼真の気迫に圧倒される栗毛野。

栗毛野　は、はい。

蒼真　よし。では屋敷に戻り、至急、いくさの仕度をするように皆の者にお伝え下さい。早く！

栗毛野　はい。

駆け去る栗毛野。

蒼真　夜叉丸、蝦夷の兵、何人動かせる。
夜叉丸　なぜお前に答えなければならない。
蒼真　この唐変木。まだそんなこと言ってるの。私は、使える兵の数が知りたいの。
夜叉丸　……確かに常世王様は小次郎に蝦夷を託された。だがお前にではない。
蒼真　つまり、常世王の命がなければ、兵は動かせないってことね。帷の夜叉丸なんてかっこつけてても、結局ただの使い走りじゃない。
夜叉丸　なんだと。
蒼真　あんたじゃ話にならない。だったらとっとと会わせて。常世王に。
桔梗　待って、それはまずい。
蒼真　なんで。
桔梗　だって、小次郎にあなたを殺せと吹き込んだ張本人だよ。
蒼真　わかってるわ、そのくらい。
桔梗　じゃあなんで。あぶなすぎる。
蒼真　坂東を守ることがすでにあぶなすぎることなの。その前にびびってちゃあ、なんにもできない。
桔梗　でも、あの男は、一筋縄じゃいかない……。
純友　あきらめろ、桔梗。こうなった蒼真が誰にも止められないことは、お前も知っているだろう。
桔梗　……確かにね。一筋縄じゃいかない相手をその縄で縛り上げるのが蒼真だった。

夜叉丸をにらみつける蒼真。

蒼真　さあ、連れてくの連れてかないの。どっち。
夜叉丸　……わかった。来い。
純友　私も一度常世王にはお目にかかりたかった。ご同行しよう。

と、夜叉丸、蒼真、桔梗、純友、常世王のもとに向かう。

×　　×　　×　　×

御霊山。常世王の神殿。
中央に立つ常世王。控える夜叉丸、みずち。
蒼真、桔梗、純友が頭を下げている。蒼真の手に荒覇吐の剣。

常世王　では、荒覇吐の剣、お前が振るうというのか。
蒼真　はい。
常世王　女のお前に、その剣が振るえるか。
蒼真　これはこれは。面白いことをおっしゃる。
常世王　面白いだと？
蒼真　朝廷の蝦夷に対する差別に怒り反乱の烽火《のろし》をあげた常世王が、女の私を差別なさるか。

常世王　ならば、あなたも都の者達と同じ心根をお持ちということになる。

蒼真　ぬう。蝦夷も外つ国人も女もない。みな平等の世の中を作る。それこそが王の願う、とこしえの平安の国と思うておりました。それは私の思い違いでしょうか。

常世王　……。

蒼真　常世王、あなたは何を手に入れたいのですか。私は、ただ青き草原とそこに生きる民を守りたい。それらを愛した男の心を守りたい。残念ながら、その男はあなた方の思惑の掛け違いにより、この坂東から消えてしまった。でも、必ず帰ってくる。帰ってくるその日まで、この荒覇吐の剣と蝦夷の命、私にお預け願いたい。いかがですか。

常世王　……わかった。蝦夷の兵、好きに使うがいい。

蒼真　やはり常世王は話のわかる方。そう言っていただけると思っていました。

常世王　夜叉丸、今、動かせる者たちは何人ほどいる。

夜叉丸　ざっと千人ほどかと。

桔梗　それだけ……。

蒼真　意外に少ない。

夜叉丸　蝦夷の兵は強者《つわもの》揃いだ。一人で並みの兵五人分は働く。

蒼真　それは失礼。頼もしいことです。

純友　よし、話も決まったところで、ご挨拶させていただこうか。常世王。伊予純友、初めてお目にかかる。西海蜂起の際にはその夜叉丸殿にお世話になった。

常世王　おお。おぬしが純友殿か。東国と西海、二つの反乱で都を倒す。その志、ともに貫きましょうぞ。

純友　おまかせあれ。

蒼真　でも、今は坂東。純友、あなたにも手伝ってもらうわよ。

純友　え。

蒼真　物見遊山にきたつもりじゃないでしょ。こうなったら、しばらくは私の手足になって働いてもらうから。

純友　……わかったわかった。

常世王　蒼真殿。あらぬ誤解もあるようだから、一言いっておこう。我ら蝦夷が動くは蝦夷のため。その道を違《たが》わぬ限り、我らはぬしの味方だ。

蒼真　ならば私が動くは坂東に生きる民のため。女も外つ国人もそして蝦夷も、すべて等しく坂東の民である限り、その道違《たが》えることはないかと。

常世王　それでいい。

純友　よし。蒼真と常世王、そしてこの純友、同盟の契りを。

三人、刀をあわせる。

蒼真　では、失礼します。

荒覇吐の剣を持ち歩き去る蒼真。後に続く桔梗と純友。

蒼真　朝廷軍到着まであとどのくらい。
純友　箱根の山にはきているが、行程はゆっくりだ。あと十日、いや十五日というところかな。
蒼真　いいわ、それだけあれば充分。左大臣枇杷麿か。あの男には一度、痛い目見せたいと思ってた。
純友　たまらないいな。情け知らずのソーマの復活だ。

その後ろ姿を見つめる常世王。

常世王　……思わぬ成り行きになったたな。
夜叉丸　いかがいたします。
常世王　我らはただ蝦夷のために生きるのみだ。そのために動いてくれる間は、あの女を支えよ。
夜叉丸　承知しました。

と、夜叉丸、みずち、彼女らのあとを追う。

――暗　転――

【第九景】

都からそれほど遠くない山中。
朝廷軍の幻影から逃げる小次郎。

小次郎　なぜだ、なぜ追ってくる！　去れ！　俺はもう関係ない！

素手の小次郎、振り払うが幻影は消えない。
ふらふらと倒れる。

小次郎　……ああ、もうダメだ。俺もこれまでか……。

と、地獄に手招きするようなそぶりの朝廷軍の幻影。

小次郎　……なんだ、貴様ら。呼んでいるのか。そこは冥土か。……こんなところで命果てるか。
まあ、それもいいか。

と、そこに現れる邦香。

邦香　てや、どりゃ、たあ！

と、手にした長刀で朝廷軍の幻影を薙ぎ払う。

邦香　しっかりしなさい、小次郎。
小次郎　……お前は。
邦香　そう、邦香です。あなたの許婚の邦香。
小次郎　いや、許婚じゃないし。てか、お前、死んだはずじゃあ。
邦香　はい。死にました。
小次郎　だよね。でも、あ。
邦香　はい。私は幽霊です。
小次郎　そうか、とうとう冥土から迎えが来たか。
邦香　いいえ小次郎、あなたは死んではなりません。
小次郎　でも、もう力が……。俺はもうダメだ。
邦香　それはお腹がすいているだけです。ご飯をたべたら元気になります。
小次郎　そうなの。

邦香　人間、そう簡単には死にません。死んでる私が言うんだから間違いない。いぇい。
小次郎　……お前、生きてた時より陽気になってない。
邦香　はい。余計なしがらみがなくなりましたから。今の私は何も飾らない、素直な気持ちのまま、生きられる、いや、死にられる。
小次郎　変だから。その日本語変だから。
邦香　やあねえ。幽霊相手に何細かいこと言ってんの。
小次郎　……お前、恨んでないのか、俺のこと。
邦香　え。
小次郎　お前の父上もお前の旦那もお前自身も、殺したのは俺だぞ。
邦香　それは違う。私はあなたに殺されてません。自分で死んだのです。それが坂東の女の心意気。
小次郎　確かにそうだ。でも、俺のせいに変わりはない。
邦香　どうしちゃったの小次郎、あなたらしくない。父上も叔父上も旦那も正々堂々合戦で戦った。もしあなたが負けて死んだら、あなたは恨んだ?
小次郎　いや。力の限り戦って負けたんなら悔いはない。
邦香　でしょ。だったら同じ。恨むはずがない。
小次郎　……やっぱりわからない。
邦香　もう、何が。
小次郎　幽霊ならなんで俺を助けるような真似をする。俺が死んだ方がお前は満足なんじゃないのか。

邦香　……馬鹿だ馬鹿だ思ってたけどほんっとに馬鹿ね。

小次郎　だから鹿は余計だ。

邦香　あのね、ちょっとだけ考えて。なんで私だけが化けて出てると思う？　父上も叔父上もあなたに殺されたのに、なんで私だけ？　坂東の男は単純なの。「やられたー、死んだー、あ、三途の川だ、よーし泳ぎ切るぞー。ついたー、冥土だー。冥土到着一等賞ー！」。ね、あの世まで一直線。化けて出るような迷いはないの。あなたもそうでしょ。

小次郎　うん。

邦香　ね。あなたが死んじゃうと、この世でウロウロしてる私を通り過ぎて、あっというまに昇天しちゃう。むしろ生きていてこそ、こうやって話ができる。だから、あなたには生きていて欲しいの。私、幽霊になってやっと素直にあなたと話ができる。そんな気がするの。こんな二人の今この瞬間を大切にしたい。

よりそう邦香。

小次郎　……うーん。

邦香　なに？

小次郎　いや、ちょっと不安になった。

邦香　なにが。
小次郎　結局、俺、馬とか幽霊とか、そういう人間以外としか仲よくできないんじゃないかと。
邦香　考えるな。（と、小次郎の頭をポンと叩く）考えるな、小次郎。考えずに生きるの。感じたまままっすぐに生きなさい。生ききりなさい。
小次郎　……って、前向きな言葉を幽霊に言われてもなあ。

と、向こうを指差す邦香。

邦香　見て、あれ！

と、米俵を積んだ荷車をひいていく農民がいる。

邦香　お米よ、お米。
小次郎　ああ。
邦香　よし。分けてもらおう。
小次郎　あんな立派な米俵、簡単にくれるわけがないだろう。
邦香　大丈夫、私にまかせて。

と、小次郎を農民の方に引っ張っていく。

邦香　ほら、話しかけて。
小次郎　え。
邦香　「こんにちは。いい天気ですね」って。
農民　（小次郎に気づき）なんだ、おめえ。
小次郎　こ、こんにちは、いい天気ですね。
農民　ああ。（と、挨拶しかえそうとする）

と、邦香、小次郎の腕を摑んで、彼の手を操って農民を思いっきり殴る。

農民　ふぎゃ！（と、気絶する）
小次郎　えー。お前何すんだ。
邦香　よし、今のうちにこれ、いただこう。
小次郎　って、こりゃ米泥棒じゃないか。
邦香　やっちまったもんは仕方ないよ、小次郎。
小次郎　お前がやらせたんだろう。
邦香　男ならぐちぐち言わない。
小次郎　もう、お前、幽霊になってから自由すぎ。

と、ぶつぶつ言いながらも米俵の乗った荷車を引っ張っていこうとする。
と、その前に立ちふさがる太刀影。

太刀影　そうはいかん。
小次郎　ぬ。
太刀影　その米は、殿が西海の民に用意した施し米。それを狙うとは最低な盗賊だな。
小次郎　いや、俺は……。

と、邦香を見る小次郎。「やっちゃえ」という素振りの邦香。

小次郎　いや、言い訳はせん。だったらどうした。
太刀影　許さん。

と、剣を抜こうとする太刀影。そこに淑人が現れ止める。

淑人　待て、太刀影。見れば素手の男ではないか。剣を抜くほどのことではない。腹が減っておるのか。だったら、これを食べなさい。

と、竹皮の包みを出す。中は餅。

太刀影　殿。

淑人　かまわぬ。（小次郎に）さ。

小次郎、奪うとがっついて食べ出す。

淑人　こらこら、そんなに急ぐと喉を詰まらせるぞ。太刀影、水を差し上げなさい。

太刀影、小次郎に竹筒を渡す。水を飲みながら餅を喰らう小次郎。その姿をジッと見ている淑人。

淑人　……そなた、将門小次郎殿ではないか。

ハッとする小次郎。

淑人　そうだ、間違いない。左大臣の屋敷で渡来の女性《にょしょう》達を助けた姿、今でもはっきりと覚えておりますぞ。

小次郎　あそこにいたのか。

淑人　いや、慌てなさるな。あれは枇杷麿殿が悪い。あなたの働き、私も心の中で快哉を叫ん

小次郎　でおった。お味方できずに申し訳なかった。
淑人　……。
小次郎　あれほどの一本気な益荒男《ますらお》が乱を起こすからには、坂東での国司の所業もよっぽどひどかったのだろう。そう思っていました。
淑人　……あなたは。
小次郎　私は弾正淑人。西海の海賊討伐軍の長官をしておる。
淑人　なに？
小次郎　いやいや、そう殺気立たれるな。私は戦いは好まない。朝廷も枇杷麿殿のような人間ばかりではない。何があった。話して下され。

小次郎、邦香を見る。話せとうなずく邦香。

小次郎　……実は……。

話し始める小次郎。

——暗　転——

【第十景】

坂東。戦場。
朝廷軍と坂東軍の戦い。
朝廷軍、坂東軍の勢いに押されている。
坂東軍を指揮する純友。

純友　朝廷軍が崩れたぞ。よおし、一気に攻めろ！
七巻　ええい、なにを怯んでいる。兵の数なら我らの方が上だ。
七巻の前に立ちはだかる夜叉丸。
夜叉丸　数ではない。志が違うのだ！
朝廷軍を片端から斬り倒していく夜叉丸。

七巻　おのれ。蝦夷の兵か。

七巻と夜叉丸の戦い。勝負はつかず、乱戦となる。

朝廷軍の陣。うろたえている枇杷麿。常平太と瓜実の方がそばにいる。

常平太　枇杷麿様。我が軍は追い込まれております。
枇杷麿　あなた、都に帰りましょう。こんなほこりっぽいところはもうまっぴら。
瓜実　坂東の反乱を治めぬと、都に戻るところはない。ここで踏ん張るしかないのだ。
常平太　でもこのままじゃやられます。一時退却しましょう。

と、駆けつける七巻。

七巻　後ろは危険です。坂東の兵が待ち伏せしております。我らは挟み撃ちになってしまいました。
枇杷麿　どういうことだ、七巻将軍。将門小次郎は失踪して、坂東軍を指揮する者はいない。あっという間にねじ伏せられると言うておったではないか。
七巻　それがなぜか、以前よりも統制が取れていて、手強くなっておるのです。
枇杷麿　ど、どういうことじゃ。
七巻　坂東に新しい将がおります。将門小次郎よりも手強い将が。

と、彼らの前に蒼真が現れる。いくさ装束に身を包んでいる。手に荒覇吐の剣。封印していたいくさ人の血を解放している蒼真。
その姿、凛々しく猛々しくもあるが美しい。
横に桔梗、純友、夜叉丸、みずちが並ぶ。

蒼真　我こそは坂東軍の将、将門御前。

気圧される朝廷軍。

蒼真　朝廷軍の動きはすべて読めている。すでに退路はたった。逃げ場はもうない。
枇杷麿　なに。
蒼真　お久しぶりです、一条枇杷麿殿。
枇杷麿　お、お前は？
蒼真　お忘れですか。でしょうね。あなたの屋敷でなぐさみに殺されかけた渡来の女です。
枇杷麿　……あー、それはー……。
桔梗　思い当たる事が多すぎてわからないって感じね。危ないところを将門小次郎殿に助けていただいた占い師よ。
瓜実　あ、ああ。

枇杷麿　そうか、あの時の。
蒼真　やっとわかりましたか。あなたの、いや都の貴族達の奢りが、今回の乱を招いたのです。
常平太　その気持ちが変わらぬうちはこのいくさ、終わりはしない。
蒼真　ええい。渡来の女風情が偉そうに。枇杷麿様に無礼であろう。
七巻　人を人と思わぬ者に礼儀などいらぬ。覚えておかれよ。坂東に将門小次郎なくとも、この将門御前がいる。都の兵など恐れるにたらず！
蒼真　者ども、かかれ！
敵は囲んでいる。総掛かりで押しつぶしてしまえ！（荒覇吐の剣を振り上げる）

坂東軍と朝廷軍の激突。蒼真は戦闘には加わらず指揮している。
七巻と夜叉丸が戦っている。蒼真、遠くから矢を放つ。七巻の肩にあたる。

七巻　ぐ！

その隙に夜叉丸が七巻を倒す。

夜叉丸　七巻将軍、討ち取ったり！
常平太　ひいいい！

逃げ出す常平太。残りの朝廷軍の兵士も逃げたり打ち倒されたり。残るは枇杷麿と瓜実の方のみ。

枇杷麿　待て、麿を置いていくな！

瓜実　あなた、まって！

夜叉丸　一条枇杷麿、その首もらった！

みずち　あなたも同様！

逃げようとする枇杷麿を夜叉丸が、瓜実の方をみずちが斬る。

夜叉丸　敵の総大将の首は落ちたぞ‼

蒼真　よし。朝廷軍は掃討した。我ら坂東の民達の勝利だ‼

桔梗　（倒れている瓜実の方を見て）……奥方まで殺さなくても……。

みずち　あなた方を殺そうとした女でしょう。生かしておいてはためにならない。

桔梗　……。

蒼真　桔梗、これはいくさよ。やるからにはとことんやる。

純友　さすがだな。蒼真、いや、将門御前か。

蒼真　坂東の支柱になるにはふさわしい名前がいる。将門こそこの東国の救い主だからね。その威光が使えるなら、使わしてもらう。

そこにうど吉、むかごら坂東の民達がなだれ込んでくる。

うど吉　おおお。朝廷軍を打ち払ったぞ。

むかご　さすがは将門様、いや、将門御前様だ！

蒼真　（民達に）朝廷軍は駆逐した。何度来ようと、坂東は負けない。

純友　わしは伊予純友。西海の反乱軍の長だ。将門御前と同盟を結んだ。

蒼真　東国と西海、西と東から戦えば、いくら朝廷でも弱音を上げる。必ず我らは勝つ。私を信じて戦い続けよう。この坂東が朝廷から独立できるその日まで！

蒼真を「将門様！」「将門御前！」と大声で讃える民達。

純友　わしは西海に戻る。枇杷麿が討たれた以上、また西海への派兵も始まるだろうからな。その兵を打ち倒したら、都に攻め上る。

蒼真　やっぱりそこまでやる。

純友　朝廷を倒し、わしはわしの国を。おぬしはおぬしの国を造ればいい。

立ち去る純友。
人々の熱狂の中佇む蒼真。

桔梗　……蒼真。大丈夫。
蒼真　なにが。
桔梗　ここまではいい。でも、この先をしっかり考えないと、同じ過ちを繰り返すよ。
蒼真　……わかってる。わかってるけど、私はこの人達を守らなきゃならない。
桔梗　……蒼真……。
蒼真　違うよ、桔梗。今は将門御前。
桔梗　……。

人々の「将門御前」の歓声が響く。

――暗　転――

【第十一景】

都。ある屋敷。
小次郎を連れてきている淑人。そのうしろをついてきている邦香の幽霊。

小次郎　……ずいぶん立派な屋敷だが、ここは。
淑人　まあまあ、こちらに。
小次郎　しかし……。
淑人　小次郎殿の事情とお気持ちはよおくわかった。なればこそ会っていただきたい方がいる。ささ、奥に奥に。

と、立ち止まっている邦香。

小次郎　どうした。
邦香　ごめん小次郎。ここはだめ。ここには入れない。
小次郎　え。

邦香　なんか強い結界がある。よっぽど偉い人がいるのね。じゃ、また、あとで。

　　邦香、消える。

小次郎　おい、邦香。

淑人　どうなされた。

小次郎　いや、なんでも……。

淑人　着きました。こちらにどうぞ。

　　と、閉ざされていた扉が開く。
　　御簾が下がっている。その奥にいる人影。豪華な椅子に腰掛けている。

淑人　将門小次郎殿をお連れしました、奥の大殿。

　　と呼ばれた老人がうなずく。

奥の大殿　ご苦労であった、淑人。かまわん、近う寄れ。

小次郎　奥の大殿？

淑人　そう。めったに人前に出られないのでそう呼ばれている。太政大臣《だいじょうだいじん》貞信公《さだのぶこう》忠平《ただひら》様だ。

小次郎　太上大臣⁉

淑人　そうだ。会えるのは本当に心を許した者だけ。並みの公家衆では、そのお顔を見ることはできぬお方だ。

小次郎　じゃあ、都で一番偉いお方ですか。

御簾が上がる。奥の大殿と呼ばれた老人が声をかける。

奥の大殿　これ。都で一番偉いのは帝《みかど》だ。磨はその帝の政《まつりごと》を支えているだけだ。

大殿の顔は常世王にそっくりである。

小次郎　お、お前は常世王！

奥の大殿　ほう。

小次郎　これは何の悪ふざけだ。また俺をたばかろうというのか。

奥の大殿　確かに、常世王は磨と同じ顔をしているのだな。

小次郎　ああ、その通りだ。見間違えるはずがない。

奥の大殿　……淑人、ご苦労であった。長年の懸念がこれではれた。やはり常世王は我が弟であった。

小次郎　弟？

奥の大殿　そうか、小次郎は弟に会ったか。あれはどうしている。まだ、麿を恨んでおるか。いや、こうやって朝廷転覆の陰謀を進めておるのだ。恨んでおらぬはずはないか。
小次郎　しかし、常世王は蝦夷の王だ。公家であるあなたと血がつながっているはずがない。
淑人　おぬしの疑問はもっともだ。常世王は蝦夷ではない。自らの出自を隠し、蝦夷の王としてふるまっているにすぎない。
奥の大殿　弟の本当の名は仲平《なかひら》。だが、その気性激しく、嫉妬深い男であった。二十年ほど前、兄である麿を亡き者にし、己が朝廷の実権を握ろうとする陰謀が露見し、やむなく都から放逐した。
淑人　それから何年も経ち、蝦夷の長《おさ》常世王と名乗る者が反乱を起こした。蝦夷討伐のための調伏をおこなった時、常世王と大殿の星回りが同じだという卦が出たことがある。それ以来、大殿は常世王の正体をずっと気にしておられた。だが、常世王の顔を見た者は少なくてな。なかなか真実が摑めないでいたのだ。
奥の大殿　東国も西海も、この反乱は常世王が裏で糸を引いていたものだと聞く。あの男は麿に復讐しようとしておるのだ。小次郎、お前のおかげではっきりした。
小次郎　ちょっと待て。じゃあ、今回の反乱の大元は、ただの兄弟ゲンカだってことじゃないか。
淑人　ひらたくいえば、そうなるな。
小次郎　ふざけるな！　そんなことでこの国を、坂東をいくさに巻き込んでいるのか！　全く貴様ら公家は、国を何だと思ってる！
淑人　口が過ぎるぞ、小次郎殿。

奥の大殿　よい、淑人。（小次郎に）……すまぬな。おぬしが怒る気持ちはよくわかる。

小次郎　俺も馬鹿だ。そんなこととはしらず、常世王の口車に乗って将門新皇などと。ああ、馬鹿だ馬鹿だ大馬鹿だ。馬も鹿もひっくるめて大馬鹿だ！

淑人　だから大殿は気に病んでおられるのだ。肉親の諍いでこの国を戦火に包むなどあってはならない。一番そう考えられているのは、大殿ご自身だ。

小次郎　え……。

奥の大殿　淑人、なんとしてもこのいくさ収めよ。常世王の首をとってくれ。

淑人　は。……のう、小次郎殿。すまぬが手伝うてくれぬか。

小次郎　俺が。

淑人　西海の伊予純友にはさんざん言葉を尽くしてきたが、常世王がいる限り、その動き、収まらぬと知った。もはや力で鎮めるしかない。おぬしの力が必要なのだ。

小次郎　……しかし、坂東の血は裏切れない。

淑人　都の悪しきところは必ず改める。今は、この愚かないくさを止めるのが先決だ。頼む。

小次郎　……そのお言葉、本当ですね。

淑人　……。

小次郎　俺は、この都で随分と理不尽な物を見てきた。貧しい者はますます貧しくなり、都の貴族だけが肥え太る。そのおかしさ、必ず直してくれますか。坂東の民達の重い税を軽くしてくれますか。坂東の自治を認めてくれますか。

奥の大殿　……小次郎よ。この世の仕組みは複雑だ。麿はその複雑さの中に長く生きすぎた。そなたのように単純に物事を見ることはできん。だが、その気持ちはしっかりと受け止めよう。我が弟の首がとれれば、磨ができる限りのことはする。

淑人　大殿の言葉、信じて下され。

小次郎　……わかった。俺は俺を捨てます。

淑人　捨てる？

小次郎　将門小次郎は坂東の地を裏切ることはできない。だから、名前も生まれも捨てる。ただ、この剣をふるう者として働きましょう。今の俺はただの俵盗人《たわらぬすっと》。

奥の大殿　盗人と。

淑人　空腹のあまり、米を盗もうとしました。が、盗人はあんまりだ。だったら俵盗太《たわらのとうた》でどうだ。

小次郎　……俵盗太か。わかった。日の本の平安のため、淑人殿とともに、常世王の反逆、おさめましょう。

うなずく小次郎。

×　　×　　×　　×

西海。

海賊軍と戦っている朝廷軍。

敵を蹴散らす太刀影。指揮する淑人。

純友と戦っている小次郎。

純友　なぜだ、小次郎。なぜ、お前が朝廷軍にいる⁉
小次郎　小次郎ではない。今の俺は俵盗太。
淑人　純友殿。今なら間に合う。常世王と袂をわかち、降伏なされ。
小次郎　常世王は蝦夷ではない。太上大臣の弟だ。彼の戦いは、私怨に過ぎない。
純友　だからどうした。ははは。私怨結構。私怨なくして何の反逆か。相手の出自は関係ない。わしはこの国を自分のものとし、渡来の国を復興させる。そのためならば悪鬼とも組むわ。
淑人　やはり、それが本音か。
小次郎　純友、剣を引け。無駄ないくさはもうやめろ。
純友　朝廷の犬となった貴様の言葉など、聞く耳持たぬわ！

純友と小次郎の剣がぶつかる。

純友　小次郎、お前が留守の坂東を蒼真が守っている。将門御前と名乗ってな。
小次郎　なに。
純友　俺を倒す以上、蒼真も斬るのだろうな。自分の妻も、その手でな。

一瞬、小次郎がひるむ。太刀影、助っ人に入ろうとするが、淑人が止める。

淑人　待て。
純友　死ね！

と、うちかかる純友。が、その剣を小次郎が弾き飛ばす。

純友　ぬ⁉
小次郎　御首頂戴、伊予純友‼　うおおおお！

純友を斬る小次郎。

純友　……おかしい。……俺は都を攻め落とす。……こんなところでこんな奴に……。

小次郎をにらむ純友。その視線を受け止める小次郎。倒れる純友。息絶える。

小次郎　……蒼真が、将門御前だと。

そこに現れる邦香の幽霊。そっと小次郎の手を握ってやる。

小次郎　……邦香。
淑人　ようやられた、盗太殿。
小次郎　……今の純友の言葉、本当ですか。
淑人　確かに、あなたがいなくなっても、坂東の兵を率いるは将門御前と名乗る者だと聞いています。それがあなたの奥方かどうか、確かめてみましょう。

邦香の手をそっとふりほどく小次郎。

小次郎　……その必要はない。そんなことができるのは蒼真以外いない。
淑人　坂東攻めは、はずれますか。
小次郎　……いや。こうなれば、一刻も早く常世王を倒す。そして反乱を治める。そうすれば蒼真は救える。そうだろう。
淑人　……。
小次郎　淑人殿。
淑人　……ああ、そうですな。
小次郎　急いで兵を整えましょう。

立ち去る小次郎。邦香も一緒に消える。
淑人、複雑な表情で小次郎のあとを追う。

——暗転——

【第十二景】

坂東。
朝廷軍が進軍している。太刀影がいる。
そこに駆け込んでくる常平太。

太刀影　誰だ！
常平太　お待ち下さい、怪しいものではありませぬ。私は枇杷麿様のもとで戦っていた貞盛常平太。弾正淑人将軍と副将軍の俵盗太様が率いる朝廷軍と聞き、合流したく伺った。

淑人と小次郎が現れる。

淑人　おお、枇杷麿軍に生き残りがおったか。
常平太　は。あの将門御前と名乗る女、たいしたいくさ上手で。七巻将軍もうち果てました。
淑人　七巻殿が。
小次郎　……そうか。さすが蒼真だ。

常平太　将門小次郎は突っ込んでくるだけのイノシシ武者だったので簡単に手玉に取れたのですが。ま、奴は馬鹿でしたから。
小次郎　鹿は余計だ。
常平太　そうそう、馬しか興味のない馬鹿って、あー!!
（と、小次郎を指して）お前は小次郎。なんでここに。
小次郎　小次郎じゃない。俵盗太だ。
常平太　どういうことだ。
淑人　小次郎殿は、過去を捨ててでも、坂東の乱を収めるお覚悟なのじゃ。
常平太　……親の仇のお前が朝廷軍だと。（小次郎をにらみつける）
小次郎　……常平太。
常平太　（不敵に）小次郎、俺を甘く見るなよ。
小次郎　……。
常平太　（卑屈に）ヨロシクお願いしまっす！
小次郎　え。
常平太　俺はどんな時でも強い方につく！　たとえ親の仇だろうがそんなこと知ったことじゃない。思いっきり大樹による。力の限り長いものに巻きつく。なんでもお申しつけ下さい。俵盗太様！
淑人　ここまでゲスだと、いっそ清々しいですな。
常平太　はい！（と、爽やかな笑顔）

と、そこに駆け込んできた黒馬鬼が、常平太に跳び蹴りを食らわす。

黒馬鬼　恥を知れ、恥をーっ‼

常平太　ふぎゃあ！（と、吹っ飛ぶ）

太刀影　暴れ馬か！（刀を抜く）

小次郎　待て、太刀影！　黒馬鬼か、黒馬鬼なんだな。

黒馬鬼　おう、そうだ。お前の親友、黒馬鬼様だ。お前の匂いがしたからいさんで来てみたが、なんでだ、小次郎。なんでお前が朝廷軍を率いてるんだ。

小次郎　……黒馬鬼。

黒馬鬼　ずっとずっとお前が戻ってくる、そう信じてた。俺だけじゃない。蒼真もだ。お前の留守を守って、女だてらに兵を率いて戦ってるんだ。それがまったく。どういう了見なんだ、小次郎！

愕然としている小次郎。

小次郎　……黒馬鬼、お前の言うこと、全然わからないよ。

黒馬鬼　え。

小次郎　なんで、そんなにヒヒーンヒヒーンしか言わないんだ。俺にはもう話しかける価値もな

黒馬鬼　いのか。
　……小次郎、お前。

と、邦香の幽霊が出てくる。

邦香　違うよ、小次郎。あなたが黒馬鬼と話せなくなったんだよ。
小次郎　俺が……。
黒馬鬼　……お前、邦香。いや、幽霊か。
邦香　うん。化けて出てるの。いえい。
黒馬鬼　やかましい。お前みたいな奴、蹴散らしてやる。
邦香　小次郎、助けて。私を蹴散らすって。
小次郎　やめろ、黒馬鬼。（邦香をかばうと、黒馬鬼に）わからないよ。どうやら、ほんとにお前の言葉がわからなくなったようだ。
黒馬鬼　……小次郎。
小次郎　いいか黒馬鬼、俺は常世王を倒す。それが坂東のためだ。それを邪魔するなら、相手が誰だろうと戦う。お前だろうと、蒼真だろうとな。
黒馬鬼　……この馬鹿野郎。

黒馬鬼、駆け去る。

小次郎　……。
邦香　……小次郎。
小次郎　……俺は、俵盗太だ。
淑人　さ、盗太殿、まいりましょうか。
小次郎　ええ。このまま攻め込み一気に叩きましょう。

一同、立ち去る。

×　　×　　×　　×

蒼真の館。蒼真と桔梗がいる。
蒼真のもとに駆け込んでくる四郎。

四郎　御前様。
蒼真　どうした。
四郎　俵盗太率いる朝廷軍が、我が軍との正面衝突を避けて、御霊山《みたまやま》を目指しております。
桔梗　御霊山？　あそこは常世王の洞窟がある場所。
蒼真　だけど常世王の居場所は、朝廷軍にはしられていないはず。なぜ。

そこに飛び込んでくる黒馬鬼。

黒馬鬼　小次郎だよ。小次郎の仕業だ。
蒼真　黒馬鬼！　無事だったの、よかった。
黒馬鬼　俺のことはいい。敵の総大将は小次郎なんだ。奴は、坂東を裏切り朝廷軍についた。そして常世王の首を狙ってるんだ。
桔梗　どうしたの。何、いなないてるの。わかった、ほら、人参。蒼真が用意してたのよ、あんたがいつ戻ってもいいように。

と、桔梗が差し出す人参を思わず受け取る黒馬鬼。

黒馬鬼　ああ、うめえ。って違う！（人参を放り投げ）小次郎なんだよ、小次郎。くそう、やっぱり言葉がつうじないか。
蒼真　……小次郎？　小次郎なのか。
黒馬鬼　！
蒼真　黒馬鬼、ほんとに小次郎が朝廷軍にいるのか。
黒馬鬼　わかるのか、蒼真。俺の言うことが。
蒼真　ええ、わかる。わかるわ。
黒馬鬼　そうか、さすが、将門を名乗るだけはある。気持ちが通じたんだな。
桔梗　小次郎がどうしたの。

蒼真　敵の総大将は、小次郎よ。
桔梗　あ。だから常世王の居場所を知っていた。
蒼真　そういうことになるわね。四郎、皆に伝えよ。出陣だ、常世王をお守りする。
四郎　は。

駆け去る四郎。

桔梗　……蒼真。

と、そこに立ちはだかる栗毛野。

栗毛野　まて、嫁御。
蒼真　おかあさま。
栗毛野　今の話、本当か。小次郎が朝廷軍にいるのか。
黒馬鬼　ブルブルル。（と、うなずく）
蒼真　間違いないでしょう。
栗毛野　だったら和睦しよう。小次郎と戦うことはない。
蒼真　それは聞けません。
栗毛野　それでも小次郎の嫁か。小次郎が朝廷に認められたのだぞ。我が一門にとってこれほど

桔梗　の誉れがあるか。蝦夷の長などやられてしまえばいい。
栗毛野　栗毛野様。
蒼真　嫁は夫に従うことだ。それがなぜわからぬ。だから外つ国の女はだめなんじゃ。
栗毛野　いいかげんにしなさい！　人は人です。蝦夷も外つ国もない。違いがあるとすれば、ただその生き方だけです。誇りだけです。
蒼真　……。
栗毛野　おどきください。
蒼真　母の言うことがきけんのか！

と、立ちはだかる栗毛野。彼女に剣を向ける蒼真。

蒼真　下がれ、愚か者！
栗毛野　！
蒼真　坂東の誇りを忘れた者を親とは思わない。邪魔をする者は、誰だろうと斬る。あなただろうと小次郎だろうと。

栗毛野、おずおずと道をあける。

蒼真　（黒馬鬼たちに）行こう。

黒馬鬼　　おう。

蒼真が行く。黒馬鬼、桔梗と四郎も後に続く。
がっくりと肩を落とす栗毛野。

――暗　転――

【第十三景】

御霊山。
淑人と朝廷軍がやってくる。

淑人　ここが常世王の本拠だ。各々方、心してかかれよ。
と、その前に現れる夜叉丸。

夜叉丸　そうはいかん。この夜叉丸いる限り、常世王には一歩たりとも近づけはせん。
夜叉丸と朝廷軍の戦い。
悪鬼の如き勢いで朝廷軍を斬る夜叉丸。
その中に常平太もいる。夜叉丸の刀を頭で受ける常平太。夜叉丸の動きを止める。

常平太　見たか、坂東武者の石頭。

夜叉丸　なに。

常平太　……にも限度があった。せっかくここまで生きていたのに。

と、倒れる常平太。

淑人を追い詰める夜叉丸。

夜叉丸　見つけたぞ、弾正淑人。あの時斬り損なった貴様の首、今日こそもらう！

と、太刀影が割って入る。

太刀影　殿に手は出させせん。

夜叉丸　ふ、弾正の太刀か。面白い。先日の決着、ここでつけてやる。

太刀影対夜叉丸。夜叉丸、太刀影を圧する。

刀が飛ぶ太刀影。

そこに現れる小次郎。

小次郎　待て、夜叉丸。ならば俺がお相手しよう。

夜叉丸　貴様、小次郎。

小次郎　いや、今の俺は俵盗太。この朝廷軍の副将軍だ。
夜叉丸　朝廷に寝返ったか。最低な奴だ。
小次郎　俺に蒼真を殺させようとした奴らに言われたくはない。いくぞ！

と、夜叉丸に打ちかかる小次郎。
途中から太刀影も加わる。二対一でさすがに追い込まれる夜叉丸。
と、蝦夷の援軍が現れる。

夜叉丸　お前達。なんとしてもここを支えろ。

と、いい、奥に逃げる夜叉丸。

小次郎　待て！
淑人　盗太殿、ここは我らにまかせて常世王を！
小次郎　わかった。

小次郎、夜叉丸を追っていく。
淑人、太刀影たちは蝦夷の兵と戦う。

× × × ×

奥の神殿。
常世王とみずちら巫女達がいる。みずちはいくさ装束。

常世王　お前達、逃げなさい。
巫女達　でも。
常世王　今までよく支えてくれた。だが、巫女であるお前達はいくさには無縁だ。山に逃れれば、蝦夷に追いつける者はない。
みずち　常世王の命です。行きなさい。

巫女達が去る。

常世王　みずち、お前も。
みずち　いいえ。巫女と言うには私の手は穢れすぎました。最後までお側に。

夜叉丸が入ってくる。

常世王　夜叉丸か。
夜叉丸　申し訳ありません。将門小次郎が敵に寝返り、こちらに攻めてきております。
みずち　小次郎が。なぜ。

常世王　あの男の仕業だ。我が兄の。
みずち　太上大臣忠平……。
常世王　こちらの綻びを見逃さずについてくる。厄介な男だよ。

そこに駆けつける蒼真、桔梗、黒馬鬼。

蒼真　常世王！　よかった、間に合った
常世王　おお、蒼真殿か。よう来てくれた。
夜叉丸　気をつけろ。朝廷軍はもうそこまで来ている。

そこに現れる小次郎。蒼真に気づく。

小次郎　……蒼真。
蒼真　……やはりあなたが。
小次郎　どけ、蒼真。その男はお前が守るような男ではない。
蒼真　ほう。
小次郎　その男は蝦夷ではない。太上大臣忠平様の弟だ。兄との権力争いに敗れ、都を追われた。
桔梗　え。
小次郎　蝦夷達もよく聞け。その男が狙っているのは、蝦夷の独立なんかじゃない。都の権力だ。

蒼真　お前達は兄弟ゲンカに利用されているに過ぎない。その男は、利用できるものならなんでも利用する。俺を使ってお前を殺させようとしたのが何よりの証拠だ。
小次郎　……。わかったらどけ。俺は常世王の首を取る。

が、荒覇吐の剣を構える蒼真。

蒼真　そうはさせない。
小次郎　どけ。奴の首さえ取ればこのいくさは終わる。お前の命は守れる。
蒼真　常世王とは同盟を結んでいる。その約定を違えることはできない。
小次郎　いまさらそんなことを。
蒼真　蝦夷だろうが太上大臣の弟だろうが関係ない。出自ではない。人を人たらしめるのはその人の生き方だ。
常世王　蒼真殿。
蒼真　そう、今だからはっきり言える。私は将門小次郎を愛していた。その嘘のない生き方を。必ず彼が戻ってくると思い、この坂東の乱を支えた。あの小次郎ならば、一度同盟を組んだ相手を見捨てるはずがない。この荒覇吐の剣にかけてもな。

と、手にした荒覇吐の剣を掲げる。

小次郎　蒼真！

蒼真　蒼真ではない。私は小次郎の魂を継ぐ者、将門御前だ。

小次郎　……俺はお前を守りたいんだ。

蒼真　先程から馴れ馴れしい。朝廷軍に知りあいなどおらぬ。ましてや、そんな者に命を守ってもらおうとは思わない。

小次郎　……蒼真。

蒼真　違うと言っている。我こそは坂東軍を指揮する将門御前。武士《もののふ》ならばきちんと名乗りを上げろ。

腹をくくる小次郎。

小次郎　わかった。坂東討伐軍副将軍、俵盗太。坂東反乱の首魁《しゅかい》、常世王の首、なんとしてもいただく。

蒼真　討伐できるものならやってみろ。この将門御前の名に賭けて食い止める。

蒼真と小次郎も剣を交える。

小次郎　どうした、そんな剣捌きで常世王を守れるか。坂東の誇りを守れるか！

小次郎の剣におされる蒼真。

蒼真　く。

と、黒馬鬼が蒼真を助ける。

黒馬鬼　守れるよ、この人ならな！

小次郎　ヒンヒンうるさい馬だ。馬なら馬らしく廏《うまや》で寝ていろ！

と、黒馬鬼に傷を負わせる小次郎。

黒馬鬼　ぐわ。

小次郎　死ね！

黒馬鬼に止めを刺そうとする小次郎。

蒼真　黒馬鬼！

と、黒馬鬼をかばう蒼真。

小次郎　愚かな。一軍の将が、馬をかばって命を落とすつもりか。
蒼真　その愚かなことをする男がいた。私は、その男のそんなところがたまらなく好きだったんだよ。
小次郎　その想い、その男に伝えておこう。
蒼真　お前では無理だ。今のおまえではな、俵盗太。
小次郎　そうか、それは残念だ！

と、剣を振り上げる。そこに夜叉丸が割って入る。

小次郎　どけ！　あの男に騙されていたんだ。それでもまだ戦うのか。
夜叉丸　騙されてなどいない。俺達は常世王の生まれは知っている。
小次郎　なに。
常世王　確かに私は都の生まれだ。兄、忠平が憎い。だが東国に逃れ蝦夷と出会い、彼らを救いたいと思ったのもまぎれもない事実。東国をまとめるため、蝦夷の王と名乗ったのだ。外つ国人が将門御前を名乗ったように。
小次郎　……。
常世王　忠平に何を吹き込まれたのかしらないが、それが本当に正しいと思うか。私を殺せば、

小次郎　結局、もとの政《まつりごと》に逆戻りだぞ。そんなことはない！　彼らは約束してくれた。この乱が治まれば、必ず政を立て直すと。

と、そこに淑人や太刀影達朝廷軍も現れる。

淑人　その通りだ、盗太殿。常世王はいつも言葉で人を操る。惑わされてはなりませんぞ！

と、四郎達坂東軍も駆けつける。

四郎　遅くなりました、将門御前。（が、小次郎を見て驚く）……小次郎様。

蒼真　怯むな。あれは敵の副将軍、俵盗太。坂東一の裏切り者だ。かまわず打ち倒せ！

その命に、朝廷軍に襲いかかる坂東軍。
乱戦となる。夜叉丸と戦う太刀影、彼を足止めしている。
常世王を守って逃げようとするみずち。

みずち　常世王、こちらへ。

小次郎　逃がすか！

と、打ちかかる坂東軍を薙ぎ倒し、常世王の方に駆け寄る。剣を向けるみずち。

みずち　させん！
小次郎　どけ！

と、みずちを斬る。

みずち　常世王に、手は、出させない……。

絶命しながらも小次郎に向かうみずち。よりかかるみずちを振り払う小次郎。
常世王に剣を向ける小次郎。蒼真や黒馬鬼も朝廷軍に阻まれて近寄れない。

蒼真　常世王！
常世王　愚かな男よ、騙されているとも知らず。
小次郎　言うな！　お前が俺に蒼真を殺させようとしたんだ。蝦夷の王を名乗るなら、最期くらい王らしい様を見せろ！

と、常世王を斬る小次郎。

常世王　ぐ！
蒼真　常世王！
常世王　（蒼真に）この世に蝦夷の楽園を……。頼みまするぞ、将門御前。

小次郎、常世王にとどめの斬撃。
常世王、絶命する。

夜叉丸　常世王！　どけ、貴様らー‼

と、助けに行こうとするが太刀影を含めた朝廷軍に多勢に無勢。ついに刀が弾かれる。
取り押さえられる夜叉丸。

小次郎　刀をひけ、将門御前！　常世王の首は取った。いくさの勝敗は決まったのだ！
蒼真　く。

一旦戦いをやめる両軍。

小次郎　朝廷軍はこれ以上坂東の兵と戦う気はない。坂東の自治も認めてもらう。これでいくさは終わりだ。淑人殿。常世王の首を持って引き上げましょう。そして、政の改革を必ず

淑人　成して下さい。
お前達。

淑人の指示で刀を蒼真に向ける朝廷軍。

蒼真　！
小次郎　淑人殿、なんの真似ですか。
淑人　残念ながら首が足らんのですよ。
小次郎　なに。
淑人　将門の反乱は都中に轟いている。常世王だけではなく将門の首を討ち取らぬ事には、人々の心はどうにも治まらないのです。
小次郎　いまさらそんなことを。
淑人　なろうことなら、蒼真殿の命は助けたかった。だが、ここに来て改めてわかった。将門の名前がこの坂東でどれほど大きいか。将門が死なぬ限り、坂東の乱は治まらない。これればかりはいかんともしがたいのです。
小次郎　そんな……。
淑人　申し訳ない。ですが、将門が生きている限り、朝廷軍は何度でも坂東を襲う。将門の首がなければ、このいくさは終わりませんぞ。盗太殿が、真に坂東の平和を願うのであれば、将門御前の首を落とすこと、お認めなされ。

小次郎　……。（愕然としている）

夜叉丸　（笑い出し）まんまと騙されたな。こやつら、最初から蒼真を救う気などかけらもないわ。

桔梗　……こんなことだろうと思った。

蒼真　どこの国でも同じだね。密議、陰謀、騙し討ち。それを政とはき違える輩の何と多いことか。弾正淑人。この将門御前、倒せるものなら倒してみなさい。

桔梗　いっとくけど、この女はこうなると相当手強いよ。

淑人　……やれやれ。その首ひとつでいくさを終わらせると言っているのに。そんなに戦いが好きですか。

蒼真　……好きなわけがないでしょう。

と、小次郎が吠える。

小次郎　あー、馬鹿だ馬鹿だ、俺は本当に大馬鹿だ。よかれと思ってやることが全部裏目裏目に出てしまう。でもなあ、裏目裏目とひっくり返りゃあ、そのうち表になることもある！

と、剣を二三度大きく振ると、蒼真をかばうように剣を朝廷軍に向ける小次郎。

小次郎　弾正淑人。朝廷軍副将軍の俵盗太はたった今、俺が斬った。この将門小次郎がな。

蒼真　お前。
小次郎　ごめんな。俺の愚かさがお前にとんでもない荷物を背負わせちまった。でも、もうその荷はおろせ。将門という名前は俺が背負う。
淑人　愚かな。死にたいのか。
小次郎　真に坂東の平和を願うなら、将門の首落とせと言ったのはあんただろうが。さあ、淑人殿。将門の首が欲しいんなら俺の首を落とせ。
蒼真　だめよ、小次郎！
小次郎　蒼真。今度こそ、お前を救う！

小次郎、蒼真を守って朝廷軍と戦い出す。
小次郎、蒼真、桔梗、黒馬鬼、その戦いの中で移動していく。

淑人　逃がすでないぞ。
太刀影　は。

と、混乱の中、刀を拾った夜叉丸、太刀影に打ちかかる。太刀影も応戦するが、夜叉丸の気迫はこれまでになく鬼気迫っている。太刀影を倒す夜叉丸。

太刀影　ぐ！

淑人　太刀影！

夜叉丸　弾正淑人、貴様の太刀はたった今へし折った！　さあ、こい。帳の夜叉丸、たとえ一人になろうとも、蝦夷の意志は貫いてみせる。

と、朝廷軍と戦う夜叉丸。戦いの中、消えていく。

×　　×　　×　　×

別の場所。

小次郎、蒼真、黒馬鬼、桔梗が駆け込んでくる。

小次郎　さ、今のうちだ。お前は逃げろ。

蒼真　何考えてるの。ころころころころ気持ち変わりすぎでついていけない。

小次郎　ごめん。でも、それが俺なんだ。

桔梗　……多分、この男の考えてることはいつでもひとつだよ。あなたを守りたいって事。

蒼真　……そんな。

小次郎　蒼真、俺をお前の本当の旦那にしてくれ。

蒼真　え。

小次郎　渡来の結婚の儀式を忘れたか。本気で戦って妻になる女を救う。それが旦那の仕事だ。

蒼真　いまさら、そんなことを。

小次郎　いいから逃げろ。

蒼真　何度も何度も仲間を捨てて逃げた。また私だけが生き延びろというのか。もういやだ。小次郎、あなたと一緒に私も死ぬ。

と、邦香の幽霊が蒼真に近づく。小次郎達が走り込んできた時から現れて様子を見ていたのだ。邦香、蒼真を平手打ち。

蒼真　え。
邦香　何、甘えたこと言ってんの。生きる力がある人が簡単に死んじゃあ駄目。死んでみてよくわかったわ。
蒼真　あなたは、邦香……。
邦香　見えてよかった。平手打ちが素通りじゃかっこ悪いものね。あなたも私が死ぬ時言ってたでしょ。簡単に死んじゃいけないって。
蒼真　……あなたに生きろって言われるなんて。
小次郎　……邦香の言う通りだ。頼む、蒼真、生きてくれ。
蒼真　だけど、それじゃあ、また同じ事の繰り返しだ。反乱を起こして、いくさに負けて、そして大切な人を失う。私は昔の過ちと同じ事を繰り返している。
小次郎　それは違う。俺を取り戻してくれた。
蒼真　え。
小次郎　俺が俺を見失っている間、お前が俺を守ってくれていた。坂東を愛する俺の魂を。

蒼真　……小次郎。
小次郎　お前は何も失わない。そのために俺は命を賭けるんだ。だから、いけ。将門の名を捨ててただ生きろ。それでいいんだ。
蒼真　……。
桔梗　蒼真。ここまできたら生きよう。無様に生き続けよう。きっと私達はそういう宿命なんだ。

決意する蒼真。

蒼真　……そうね。……わかった。
小次郎　黒馬鬼、二人を頼む。
黒馬鬼　まかせとけ、って言ってもわからねえか。
小次郎　いや、聞こえたよ。ああ、またお前の言葉がわかるようになった。
黒馬鬼　それでこそ将門小次郎だ。
蒼真　小次郎。

小次郎に抱きつく蒼真。そして、自分から離れる。

蒼真　さよなら。――――さ、行くよ、桔梗、黒馬鬼。

蒼真、駆け去る。桔梗、黒馬鬼あとに続く。
見送る小次郎。と、朝廷軍が現れる。

小次郎　来やがったか。（邦香に）ありがとな。
邦香　ううん。なんか、私もすっきりしたみたい。そろそろ消えるわ。
小次郎　じゃあ、先に行ってろ。向こうで会えるさ。
邦香　だといいけど。

と、邦香も消える。淑人が現れる。

淑人　いくさは辛いですなあ。どうしても好きにはなれん。
小次郎　だったら、これ以上起こすな。
淑人　……やれ

朝廷軍が小次郎を襲う。

小次郎　弾正淑人、この将門の首で、必ずこのいくさ終わらせろ。坂東の民に手を出すな。わかったな！

淑人　その思い、必ず都に届けよう。

朝廷軍の槍が小次郎を襲う。

小次郎　刺せ、斬れ、突き立てろ。お前らの刃が、俺をもう一度、坂東の草の海に解き放ってくれる！

仁王立ちの小次郎、命果てる。
全てが闇に呑まれる。

——暗　転——

【第十四景】

それから何日も経って。
都。奥の大殿の屋敷。
公家衆が集っている。中央に奥の大殿。
その前の淑人。布に包んだ箱が二つ置いてある。小次郎と常世王の首が入った箱だ。

奥の大殿　将門小次郎と常世王の首、確かに改めた。ご苦労だったな、淑人。
淑人　は。
公家1　都を恐れさせた魔人将門もこうなれば、並みの人間と変わらぬな。
公家2　さすがは淑人殿。純友と将門、さらに常世王と、朝廷を揺るがす大謀反人の首を三つも討ち取るとは。
公家3　これで朝廷も安泰じゃ。今まで通りの暮らしが送れる。
奥の大殿　さて、淑人。褒美は何がよい。
淑人　おそれながら、一条枇杷麿様が亡くなられた今、左大臣の位があいております。
公家1　なに、おぬし、左大臣の位を。

公家2　思い上がるな、おぬしがいきなりそのような。
公家3　馬鹿々々しい。
淑人　大殿。
奥の大殿　淑人。皆の者の言う通りじゃ。武功はしょせん武功じゃ。朝廷での位は別の話。身の程をしれい。
淑人　しかし。
奥の大殿　東西の反乱のことなど都の民は一刻も早く忘れたがっている。その乱を治めたおぬしが左大臣となれば、みな、将門のことを忘れたくても忘れられなくなる。それはよくない。二つの首も、人知れず処分してしまえ。
淑人　では、政《まつりごと》の改めは。
公家1　何ごとも変えぬがよい。
公家2　ああ、そうだ。順番で言えば貴殿が左大臣ではないか。
公家3　そうであるな。そしてその次は貴殿か。(公家1を見る)
淑人　それでは何も変わらぬ。小次郎殿との約束違えられるおつもりか。
奥の大殿　小次郎？　将門小次郎のことか？　謀反人との約束などした覚えはないが。

淑人、苦い顔。
と、向こうから騒ぎが起きる。警護の武士の一人が飛び込んでくる。

武士　皆様、お逃げ下さい。
淑人　どうした。
武士　暴れ馬が！　暴れ馬がこちらに！

と、そこに黒馬鬼と蒼真、そして夜叉丸が飛び込んでくる。
悲鳴を上げる公家衆。

夜叉丸　騒ぐな。騒がなければ、命はとらん。
蒼真　（奥の大殿に）お前が忠平か。
奥の大殿　いかにも。
夜叉丸　確かに悔しいほどよく似ている。
公家3　おぬし達、何者だ。
蒼真　将門が御霊《ごりょう》。小次郎の首返してもらいにきた。彼の願いなど無視して闇に葬るつもりだったのだろうからな。
公家1　なぜ、それを。
蒼真　政の中央にいる者の考えなど似たようなものだ。だが、そうはさせない。この首は坂東の守護神だ。空を駆け坂東に帰る。坂東に仇なす者には必ず祟りがあると思え。

おじけづく公家衆。

蒼真　将門が供養、心してなされ。さもなくば都に大いなる災いが及ぶぞ。心しておかれよ！

と将門の首を摑むと駆け去る蒼真、夜叉丸、黒馬鬼。

武士　待て！
奥の大殿　もうよい。騒ぐな。
淑人　申し訳ありません。至急、検非違使達に追わせます。
奥の大殿　もうよいと言うておる。まったく坂東は厄介なところよ。
淑人　確かにへたをすれば、将門は祟り神となるやもしれませぬ。このような時に左大臣の職を務めるは、責任重大でございますな。
公家3　いやいや、麿は突然具合が悪うなりまして。ここは武功を上げられた弾正淑人殿が適任かと。
公家1・2　まさにまさに。

と、そうそうに立ち去る公家衆。

淑人　大殿。将門の首が消えたと噂が流れれば、都の民も脅えましょう。大殿が消したつもりの朝廷への不満、ずっとくすぶり再び火がつくやもしれませぬ。政の改め、考えられた

奥の大殿　方がよろしいかと。
淑人　……お前の狙い通りというわけか。
奥の大殿　とんでもございませぬ。ただ、少しは、あの無垢な男の想い、かなえてやりたい。そう思うだけでございます。
弾正淑人、左大臣に命ず。この太上大臣仲平の政、改められるものなら改めてみよ。

大殿、淑人を見つめる。

淑人　ありがとうございます。

淑人、その視線を受けて平伏する。

×　×　×　×

さらにそれから何日もたち。
坂東。草の海。
塚がある。小次郎の墓である。その前で拝む蒼真、桔梗、黒馬鬼。
桔梗と黒馬鬼は立ち去る。
一人立つ蒼真。

蒼真　……小次郎、私は生きる。渡来の長でも将門御前でもなく、ただの蒼真として。だから見守っていてくれ。お前が愛したこの草の海で。

と、風が吹き、光が包む。

蒼真の顔が輝く。

蒼真

ああ、これか。青い空と緑の草原が一つになる。空の風と草の海と、私とあなたが一つになる。これがあなたが愛した坂東だ！　私が愛した将門小次郎だ！

歓喜に身をゆだねる蒼真。

と、彼女の後ろに、無限に生き続ける坂東の民達が浮かび上がる。

「蒼の乱」――終――

あとがき

平将門のことはいつか書くんだろうなと、一時期思っていた。

市川染五郎さんとの『阿修羅城の瞳』、『アテルイ』、堤真一さんとの『野獣郎見参』をやった頃だから、2000年代の前半辺りか。

その頃のいのうえ歌舞伎は、伝奇ファンタジー寄りだった。

神や鬼や妖怪などの超常的な存在を題材にして、チャンバラではあったが、超能力まがいの妖術や忍術などを多用する作風だったのだ。

『アテルイ』は、意図的に史実側の人間を坂上田村麻呂側に、伝承上の人物をアテルイ側において、歴史劇と神話劇の間を狙ったりした。

だからその当時は、このまま日本の〝鬼〟を書いていくとしたら、『帝都物語』などに象徴される関東守護の大怨霊としての平将門に行き当たらざるを得ないなと、漠然と思っていたのだ。

だが、いのうえ歌舞伎も二期に入り、伝奇ファンタジーから人間ドラマにシフトしていく中で〝大怨霊・将門〟というモチーフはそぐわなくなったなと感じ、いつの間にか頭から消えていた。

一昨年くらいだろうか。

天海祐希さんと松山ケンイチさんでいのうえ歌舞伎の新作をという企画が持ち上がり、何をやろうかと、いのうえひでのりや細川プロデューサーと打合せをしていて、改めて「平将門」という題材が上がってきた時は、奇妙な感じがしたものだ。

やっぱり逃れられないのだなと思ったりもした。


もともと平将門との最初の出会いは、大河ドラマ『風と雲と虹と』だった。

放映当時は高校生。体制への反逆の物語が大好きな時期だった。

第一回のラスト、朝廷への反逆罪で囚われ、縛られ馬に乗せられている露口茂扮する藤原秀郷に、少年だった将門が共感の意を込めて見つめるシーンは本当にわくわくした。

反逆者の志に共感する少年はやがて大反乱の首魁となり、その反逆者は紆余曲折の末、彼を討つことになる。ここから始まるドラマの予感に震えたのだ。

40年近く前に一度観たきりなので、そのシーンはそのものはうろ覚えなのだが、そうとらえた自分の気持ちだけははっきり覚えている。

ただ、残念ながらその期待はかなわなかった。

加藤剛氏が演ずる将門は、好青年過ぎて、自分が見たい反逆の王とはイメージが違った。将門パートのドラマも、都での出世と恋愛問題、坂東での親戚との所領争いと、将門の視点も話のスケールも小さくてなんとももどかしかった。

緒形拳氏演ずる藤原純友パートの方が、朝廷への反逆の物語をストレートに描いてくれて、ずっと面白かった。
高校生だった自分としては、緒形純友のほうだけもっと見たいよというのが素直な感想だった。

今になって見れば、将門がそういう描き方になるのはよくわかる。残された史料を見る限り、坂東での将門の戦は、彼自身は身内同士の戦いだと思っていて、朝廷への反乱の意志はなく、反乱の意を固めるのはかなり後期だったらしい。そういう意味では『風と雲と虹と』の将門像はあれはあれで正しかったのだ。ただ、自分が見たかったものとは違っただけだ。

というわけで、今回は、自分が見たかった将門像を書いてみた。ともに志を同じにしていたはずの二人が、大きなうねりの末に対決することになる。『風と雲と虹と』の第一回を見て夢想したそのドラマを、自分なりに書いてみた。書きながら気がついたのだが、これは『アテルイ』の蝦夷から『髑髏城の七人』の関八州荒武者隊につながる、自分なりの〝坂東武者の系譜〟、〝幻想の関東ユートピアの系譜〟につらなる物語だったのだ。
物書きは、結局、ひとつの穴を掘り続けるのが業のようだ。

二〇一四年二月

中島かずき

◇上演記録

劇団☆新感線2014年春興行
いのうえ歌舞伎『蒼の乱』

≪公演日時≫

【東京公演】

2014年3月27日（木）～2014年4月26日（土）　東急シアターオーブ

主催：ヴィレッヂ

制作協力：サンライズプロモーション東京

【大阪公演】

2014年5月8日（木）～27日（火）　梅田芸術劇場メインホール

主催：関西テレビ放送　サンライズプロモーション大阪

後援：FM802　FM COCOLO

≪登場人物≫

蒼真《そうま》……………………………天海祐希

将門小次郎《まさかどこじろう》…………………松山ケンイチ

帳の夜叉丸《とばりやしゃまる》…………………早乙女太一

弾正淑人《だんじょうよしと》…………………梶原　善

邦香《くにか》……………………………森奈みはる

伊予純友《いよのすみとも》…………………粟根まこと

桔梗《ききょう》……………………………高田聖子

黒馬鬼《くろまき》…………………………橋本じゅん

常世王《とこよおう》／奥《おく》の大殿《おおとの》……平 幹二朗
一条枇杷麿《いちじょうびわまろ》……右近健一
貞盛常平太《さだもりつねへいた》……河野まさと
良兼武蔵介《よしかねむさしのすけ》……逆木圭一郎
栗毛野《くりげの》……村木よし子
常陸源五《ひたちのげんご》……インディ高橋
みずち……山本カナコ
うど吉《きち》……礒野慎吾
良正上総介《よしまさかずさのすけ》……吉田メタル
むかご……中谷さとみ
瓜実《うりざね》の方《かた》……保坂エマ
太刀影《たちかげ》……早乙女友貴
七巻八幡《ななまきはちまん》……川原正嗣
葦原四郎《あしはらしろう》……武田浩二

検非違使／馬軍団／私兵／朝廷兵／坂東兵／国司軍／蝦夷兵／ほか
藤家 剛　加藤 学　川島弘之　安田桃太郎　井上象策
菊地雄人　南 誉士広　熊倉 功　岩崎祐也　成田 僚

公家／渡来衆／純友の手下（海賊軍）／馬軍団／朝廷兵／坂東兵／農民／ほか
穴沢裕介　安部誠司　石井雅登　蝦名孝一　長内正樹
熊谷力丸　常川藍里　原　慎一郎

巫女／島の女／農民／ほか
生尾佳子　上田亜希子　後藤祐香　齋藤志野　鈴木奈苗
中野真那　森　加織　吉野有美

K. Nakashima Selection

Vol. 15— 蛮幽鬼

復讐の鬼となった男がもくろんだ結末とは…….謀略に陥り，何もかも失って監獄島へと幽閉された男．そこである男と出会ったとき，新たな運命は動き出した．壮大な陰謀の中で繰り広げられる復讐劇！　**本体1800円**

Vol. 16— ジャンヌ・ダルク

フランスを救うために戦う少女，ジャンヌ・ダルク．神の声に従い，突き進む彼女のわずか19年の壮絶な生涯には，何があったのか．その謎とともに描かれる，人間ジャンヌの姿を正面から描く！　**本体1800円**

Vol. 17— 髑髏城の七人 ver.2011

あの『髑髏城の七人』が、新たに変わって帰ってきた！豊臣秀吉に反旗を掲げた髑髏党〈天魔王〉．その行く手をふさぐべく二人の男が闘いを挑む.三人が相まみえたとき，運命は再び動き出す．　**本体1800円**

Vol. 18— シレンとラギ

ラギと共に南の王国の教祖を暗殺する旅に出るシレン．いつしか惹かれあう二人の間に待っていた，さまざまな者たちの欲望と陰謀の渦．その恋は二つの王国の運命をも変えていく…….　**本体1800円**

Vol. 19— ZIPANG PUNK　五右衛門ロックⅢ

天下の大泥棒・石川五右衛門，今度は空海のお宝を盗む！　五右衛門の前に立ちふさがる名探偵・明智心九郎．陰謀は海の向こうの国々も，歴史の敗者と成功者も，時の権力者も巻き込んで，大冒険活劇の行方は!?　**本体1800円**

Vol. 20— 真田十勇士

己が信じるものへ義を貫く！　時は慶長19年．時流に逆らい豊臣側についた真田幸村と十人の勇士たちが，天下統一総仕上げを謀る徳川軍から，大坂城の秀頼公と淀の方を守るため，智略を尽くす合戦に挑む！　**本体1800円**

中島かずき（なかしま・かずき）
1959年、福岡県生まれ。舞台の脚本を中心に活動。85年4月『炎のハイパーステップ』より座付作家として「劇団☆新感線」に参加。以来、『髑髏城の七人』『阿修羅城の瞳』『朧の森に棲む鬼』など、“いのうえ歌舞伎”と呼ばれる物語性を重視した脚本を多く生み出す。『アテルイ』で2002年朝日舞台芸術賞・秋元松代賞と第47回岸田國士戯曲賞を受賞。

K. Nakashima Selection Vol. 21
蒼の乱

2014年3月10日　初版第1刷印刷
2014年3月20日　初版第1刷発行

著　者　中島かずき
発行者　森下紀夫
発行所　論　創　社
東京都千代田区神田神保町 2-23　北井ビル
電話 03（3264）5254　振替口座 00160-1-155266
印刷・製本　中央精版印刷
ISBN978-4-8460-1319-6

宣伝メイク：内田百合香
宣伝・公式サイト制作運営：ディップス・プラネット
宣伝：浅生博一（ヴィレッヂ）
票券・広報：脇本好美（ヴィレッヂ）
制作助手：市瀬玉子　大森祐子　高畑美里（ヴィレッヂ）
制作補：辻 未央（ヴィレッヂ）
制作デスク：小池映子（ヴィレッヂ）
制作：柴原智子（ヴィレッヂ）
エグゼクティブ・プロデューサー：細川展裕（ヴィレッヂ）
企画製作：ヴィレッヂ　劇団☆新感線

《ＳＴＡＦＦ》

作：中島かずき
演出：いのうえひでのり

美術：堀尾幸男（HORIO 工房）
照明：原田 保（FAT OFFICE）
衣裳：小峰リリー
音楽：岡崎 司
作詞：森 雪之丞　いのうえひでのり
振付：川崎悦子（BEATNIK STUDIO）
音響：井上哲司（FORCE）
音効：末谷あずさ（日本音効機器産業）
殺陣指導：田尻茂一・川原正嗣（アクションクラブ）
アクション監督：川原正嗣（アクションクラブ）
ヘア＆メイク：宮内宏明（M's factory）
小道具：高橋岳蔵
特殊効果：南 義明（ギミック）
映像：上田大樹（&FICTION!）
大道具：俳優座劇場舞台美術部
歌唱指導：右近健一
演出助手：山﨑総司
舞台監督：芳谷 研

宣伝美術：河野真一
宣伝写真：野波 浩

K. Nakashima Selection

Vol. 8— 花の紅天狗

大衆演劇界に伝わる幻の舞台『紅天狗』の上演権をめぐって命を懸ける人々の物語．不滅の長篇『ガラスの仮面』を彷彿とさせながら，奇人変人が入り乱れ，最後のステージの幕が開く．　**本体1800円**

Vol. 9— 阿修羅城の瞳〈2003年版〉

三年前の上演で人気を博した傑作時代活劇の改訂決定版．滅びか救いか，人と鬼との千年悲劇，再来！　美しき鬼の王・阿修羅と腕利きの鬼殺し・出門——悲しき因果に操られしまつろわぬ者どもの物語．　**本体1800円**

Vol. 10— 髑髏城の七人 アカドクロ／アオドクロ

本能寺の変から八年，天下統一をもくろむ髑髏党と，それを阻もうとする名もなき七人の戦いを描く伝奇活劇．「アカドクロ」（古田新太版）と「アオドクロ」（市川染五郎版）の二本を同時収録！　**本体2000円**

Vol. 11— SHIROH

劇団☆新感線初のロック・ミュージカル，その原作戯曲．題材は天草四郎率いるキリシタン一揆，島原の乱．二人のSHIROHと三万七千人の宗徒達が藩の弾圧に立ち向かい，全滅するまでの一大悲劇を描く．　**本体1800円**

Vol. 12— 荒神

蓬莱の海辺に流れ着いた壺には，人智を超えた魔力を持つ魔神のジンが閉じ込められていた．壺を拾った兄妹は，壺の封印を解く代わりに，ジンに望みを叶えてもらおうとするが——．　**本体1600円**

Vol. 13— 朧の森に棲む鬼

森の魔物《オボロ》の声が，その男の運命を変えた．ライは三人のオボロたちに導かれ，赤い舌が生み出す言葉とオボロにもらった剣によって，「俺が，俺に殺される時」まで王への道を突き進む!!　**本体1800円**

Vol. 14— 五右衛門ロック

濱の真砂は尽きるとも，世に盗人の種は尽きまじ．石川五右衛門が日本を越えて海の向こうで暴れまくる．神秘の宝〈月生石〉をめぐる，謎あり恋ありのスペクタクル冒険活劇がいま幕をあける!!　**本体1800円**

K. Nakashima Selection

Vol. 1—LOST SEVEN

劇団☆新感線・座付き作家の，待望の第一戯曲集．物語は『白雪姫』の後日談．七人の愚か者（ロストセブン）と性悪な薔薇の姫君の織りなす痛快な冒険活劇．アナザー・バージョン『リトルセブンの冒険』を併録．　**本体2000円**

Vol. 2—阿修羅城の瞳〈2000年版〉

文化文政の江戸，美しい鬼の王・阿修羅と，腕利きの鬼殺し・出門の悲恋を軸に，人と鬼が織りなす千年悲劇を描く．鶴屋南北の『四谷怪談』と安倍晴明伝説をベースに縦横無尽に遊ぶ時代活劇の最高傑作！　**本体1800円**

Vol. 3—古田新太之丞 東海道五十三次地獄旅 踊れ！いんど屋敷

謎の南蛮密書（実はカレーのレシピ）を探して，いざ出発！　大江戸探し屋稼業（実は大泥棒・世直し天狗）の古田新太之丞と変な仲間たちが巻き起す東海道ドタバタ珍道中．痛快歌謡チャンバラミュージカル．　**本体1800円**

Vol. 4—野獣郎見参

応仁の世，戦乱の京の都を舞台に，不死の力を持つ“晴明蟲”をめぐる人間と魔物たちの戦いを描いた壮大な伝奇ロマン．その力で世の中を牛耳ろうとする陰陽師らに傍若無人の野獣郎が一人で立ち向かう．　**本体1800円**

Vol. 5—大江戸ロケット

時は天保の改革，贅沢禁止の御時世に，謎の娘ソラから巨大打ち上げ花火の製作を頼まれた若き花火師・玉屋清吉の運命は…….人々の様々な思惑を巻き込んで展開する江戸っ子スペクタクル・ファンタジー．　**本体1800円**

Vol. 6—アテルイ

平安初期，時の朝廷から怖れられていた蝦夷の族長・阿弖流為が，征夷大将軍・坂上田村麻呂との戦いに敗れ，北の民の護り神となるまでを，二人の奇妙な友情を軸に描く．第47回「岸田國士戯曲賞」受賞作．　**本体1800円**

Vol. 7—七芒星

『白雪姫』の後日談の中華剣劇版⁉　舞台は古の大陸．再び甦った“三界魔鏡”を鎮めるために，七人の最弱の勇者・七芒星と鏡姫・金令女が，魔鏡をあやつる鏡皇神羅に戦いを挑む．　**本体1800円**